JN179229

百の幸せを追いかけて

竹川新樹
Takekawa Araki

文芸社

本書は二〇〇九年六月に刊行された
単行本を加筆・修正したものです

序

どこかわからない漆黒の闇の中に、相川芳樹は立っていた。突然身をつんざくような、不気味な音がして、はっと気がつくと、寝床の中で目が覚めた。

変わらない闇の中で目だけが忙しなく動く。かすかに居間で電話が鳴っていた。先ほどの音はこれであった。何か予感めいた、不吉なものが頭をよぎった。覚めきらぬ頭で、夜具をはねのけ、居間に急いだ。

深夜の足音に対する気づかいも忘れ、闇の中で受話器を探った。

「はい、相川です」

かすかに遠くで「もしもし」と聞こえてくる。芳樹は受話器を耳に強く押し当てた。相手の話を理解できないまま、声だけが上滑りしていく。受話器から、また少し大きめな声が響いてくる。

「もしもし聞いていますか。村井病院です。お母様の容態が……」

村井病院に入院している母、百代の介護をお願いしている、依田育子介助士の声だと気づいた。途端に夢遊病者のようだった芳樹の意識がはっきりしてきた。そして彼女の声が、いつも聞いている声とはどこか違っていた。

「先生がすぐに家族の方に来ていただくように、とおっしゃっています」

また、芳樹の耳から彼女の声が遠退いていった。

「もしもし、聞いていますか？」

言葉を失っている芳樹に、少しいらいらしたような彼女の声が、受話器から響いてくる。


最近、芳樹は日曜の午後と木曜の夜、母を見舞っていた。今日も、外の景色が窓から見渡せる病室に変わった母を見舞ったのだ。

入院したばかりの頃は、芳樹や依田介助士の問いかけに、頷いたり短い言葉で答えたりできたのに、病状が進んだためだろうか、時間が経つにつれ声が出なくなり、目の力も弱ってきた。芳樹はそんな母を見守り、手を握って帰ってくることが多くなっていた。

母の入院を決めかねている時、知り合いの医師が言った言葉を思い出す。

「少し費用はかかりますが、知っている病院はありますよ。ただし、私は今の状態では入院はすすめませんね。入院させるということは、老人の場合、機能を低下させてしまうことが多いからです。少し大変でも家族の中で看てあげることが最良ですね」

この時芳樹は母の入院を躊躇した。その後、入院してからの母の様子を見るにつけて、知り合いの医師のアドバイスが重くのしかかってきた。

「あっ、ちょっと待ってください」

医局から何か連絡があったようで、依田介助士と看護師とのボソボソした会話が芳樹の耳に入ってきた。

＊

受話器を置いた芳樹の周りに、静寂が流れた。依田介助士によって伝えられたあの言葉……。

――お母様が、今、息を引き取られました。

芳樹が聞きたくない言葉だった。しばらく呆然と電話の前に立ち尽くしていた。

どれほどの時が経ったのか、かすかな物音で我に返った。悲しいという感情もまだ湧いてこない。ただただ涙が流れるだけだ。灯りも点けずにいた暗い居間が真っ白になり、この靄の中に溶け込めたらと思う。

芳樹は改めて寒さを感じてきた。十二月の中旬としては、暖かく感じられる夜であったが、身体は小刻みに震えて、悪寒が走って止めようがなかった。

突然、居間の時計が鳴った。また、母のことを思い出す。三十分おきに鳴るこの時計をうるさがり、止めてくれるように頼まれていたのだが、入院騒ぎで忘れていたことを……。

時計は夜中の十二時を少し過ぎている。少しでも早く病院へ行って、母の顔が見たい。

（もしかしたら、笑顔で迎えてくれるのではなかろうか……）

通りに出てタクシーを待った。いつもはうるさいほど通るタクシーも、なかなかつかまえることができない。やっと空車をつかまえた。運転手は行き先を訊くと、車を静かに発進させた。芳樹は話しかけてこない運転手に感謝しながら、路上に走る一条の光の先を見つめ、昼間の病院のこと、先ほどの依田介助士との電話のことなどに思いを巡らした。

依田育子介助士は沖縄の出身だった。沖縄で介助士の資格をとり二十年ほど前に東京に出てきて、それ以来、老人の介護にあたっているという。後輩たちの面倒みもよく、ベテランといわれている人だ。

芳樹が母の見舞いに訪れるたびに、容態やその日その日の出来事を細かく報告してくれる。

――昨日は、先日持って来てくださった缶詰、中身はなんでしたっけ？……

ええっと、とにかくおいしかったらしく、ふた口も食べたんですよ。

——入院した時から右手が不自由だったでしょう。左手でなんでもしようと頑張っていたんですけど……。昨日などは、開かない右手の指を左手で引っ張っているんですよ。

——この間、お天気のよい日が続きましたね。車椅子で公園まで散歩に行ってきたんですよ。風邪でもひいては大変と、心配だったんですけどね。気晴らしができたのではないでしょうか。

依田介助士の話に、芳樹は喜んだり、心配したりして、親身な介護に感謝した。

*

タクシーが村井病院の裏口に着いた。エンジンの音を聞きつけたらしく、依田育子介助士がドアを開けて出てきた。平素とは異なり、白衣を着けた姿は、哀悼の気持ちをあらわしたもののようで、いつもより厳しい顔つきをしている。言葉少なに病室へ芳樹を案内した。

母のベッドの周囲にはカーテンがひかれ、同室の介助士たちが見守ってくれていた。芳樹が入って行くと、静かに目礼して病室の隅へと退いた。

「ご家族の方が見えるまではと、そのままにしてあります。これから別の部屋に移します。しばらく下の部屋でお待ちください」

看護師長がドアから顔をのぞかせて、芳樹に告げた。あまりにも事務的な態度に少し腹立たしくもあったが、これも病院なのだから仕方ないと我慢した。一方、依田介助士は母百代のために泣いてくれたのか、目頭をうるませながら荷物の整理をしている。芳樹は、今は静かに横になっている母のベッドに近寄った。

「あなたが昼間見えた時には、なんでもなかったのにねえ。夕方から喉に痰がからんで……。とても苦しそうな様子でした。痰を何回か吸引したのですが……」

いつも親身になって介護してくれていた依田介助士が、ぽつりぽつりと母の様子を語り出した。

その話を聞きながら、芳樹はなぜ、もう少し早くに連絡をしてくれなかったのかと、今までの信頼が急に遠退いていくように感じた。ただ母を呆然と見つめるだけだった。

看護師長が移動のためのベッドを運んできた。母を抱き上げた芳樹は、あまりにも軽いのに驚くと同時に、涙が止めどなくこぼれた。人前で涙を見せたのは、ずいぶん昔のことだ。

(母を抱き上げたことなどないのに……いや、一度だけ……)

病気の症状が出始めた頃、足腰の弱くなった母と病院へ行くために、背負ったことを思い出した。大人など背負った経験などない芳樹は、何かに躓き、母と二人で道端に転んでしまった。起き上がるのも大変だったが、母がどこかぶつけなかったか心配になった。

「芳樹、大丈夫かい? まだ少し重いかね」

しかし母は芳樹の心配をして笑っていた。

母を乗せた移動ベッドは、静かに病室をあとにした。同室の介助士の人々が見送ってくれた。

看護師長と依田介助士によって湯灌された母は、霊安室で胸の前に手を組んで眠っていた。今まで苦しいや痛いと言えなかったであろう母が、嘘のように安らかな顔で眠っている。黄泉の国に旅立ったのではなく、本当は眠っているのだと芳樹は思いたかった。

芳樹は独立するために東京へ出てから、母の顔をじっくりと見たことがなかった。若い頃、夫を亡くし、勝気に頑張り通してきた母は、優しいというよりはきりっとした男勝りの顔立ちをしている。その母が苦しみを忘れ、まだほんのりと赤味があり、何ものにも勝る美しい顔をしている。今までに刻まれた苦労の皺も消えて、ふくふくした愛らしささえもうかがえる。安らかさの反面、思い残したことへの無念さもあるだろうに——。

芳樹は思いを込めてつぶやいた。

「母さん、ごめんね」

母の白い顔は、かすかに頷いたように見えた。

「母さん、ありがとう」

芳樹の涙が頬を伝わり、母の胸に落ちた。手を組んで横たわる母から、今にも鼓動が聞こえてくるのではないかと近づけた芳樹の手に、母の冷たい手の感触が伝わり、自分を取り戻した。

看護師長から死亡診断書を渡された。担当の医師から「急性心不全だった」と簡単な説明があり、手続きは終わった。

病院が手配してくれた寝台車で、自宅まで帰ることになった。その頃になって、弟の正樹も家族で病院へ駆けつけてきた。

芳樹は母の横に座って、車の振動に身をゆだねた。車内灯は消されていたが、街頭の灯りが、赤味が消え、白く見える母の顔を照らしている。

「もうすぐ家に着くよ」

そしてゆっくり休んでほしいと芳樹は母に言った。

マンションのエレベーターには母の身体を抱きかかえて乗った。母は黙って芳樹のするままにまかせていた。

目　次

第一章　二人の母

春の野に鳴くや鶯なつけむと
我が家の園に梅が花咲く
（万葉集）

雪の朝に

この地方には珍しく、昨夜からの雪が五十センチ近くも積もり、寒い朝だった。百代は眠い目をこすりながら蒲団から抜け出した。雪明かりで部屋の中はほのかに明るい。降雪と夜明け前の冷気が、まだ幼い百代には堪えた。温かい蒲団の中にもぐっていたい。だが今の百代には、そんな我が儘は許されないように思えた。

「ああ、少し寝坊をしちゃったかな」

寝床を片付け、部屋から出た。まだ二人の兄妹は眠っている。

この家、田村屋は、この地方では割と大きな織物業を営んでいる。百代は、この時代で言う奉公に来たのではない。親類の田村屋に養女に来たのだと知らされている。住み込みで働いている糸繰りの女工さんたちへの食事の用意を手伝っているのだ。

糸繰りというのは、この地方の産業「銘仙」という織物を仕上げるために、束になっている絹糸をボビンに巻き取る作業のことだ。奈良時代、この地方の白絹が朝廷に献上されたといわれ、その頃から織物業が盛んであった。

百代は決して、織物の手伝いも嫌いではなかったが、田村家の兄妹である浩市と清が何かにつけて、親に甘えるのを見るのが辛かった。

食事の支度ができた頃になって起きてきた浩市と清は、「寒い寒い」と言いながら、すぐに炬燵にもぐり込んだ。田村の養母は家族の食事を調えながら、百代の手前、兄妹の我が儘にはいつも困っているようだ。

「あっ、雪だ」

浩市は縁先から庭の雪景色を見て、寝巻きのまま庭に飛び出そうとする。養母は小言を早口でまくし立てた。養父も百代の手前なのか、苦々しげに見ていた。

「二人とも早く歯を磨いていらっしゃい。学校に遅れるよ。雪が五十センチも積もっているのよ。清ちゃん、聞いているの。浩市さんもよ」

「ねえ、お母ちゃん。赤い長靴が欲しいな。今のは黒くて可愛らしくないんだもの」

「早く着替えていらっしゃい。百代さんを見なさい。さあ、ご飯にしましょう」

「こんなに雪が積もっていたら、学校に行けないよ。ぼくも新しい長靴が欲しいなぁ」

「何を言っているの、この子たちは……」

　我が儘を言っても聞いてもらえない二人は、母親に追い立てられるように、子ども部屋に戻って行った。百代は養母と一緒に食卓の用意をして、静かに家族の揃うのを待った。

「さあ、ご飯にしようか。この雪では街中が大変だぞ」

　仕事場を回ってきた養父は、浩市や清が揃うのを待たずに食事を始めた。登校の用意が済んだ清は、今度は養父に甘え出した。

「お父ちゃん、新しい傘が欲しい。ゆきちゃんが買ってもらったんだよ」

「早くご飯を食べろ、遅刻するぞ。浩市も何をしているんだ。清、あとで買ってやるから」

「お父ちゃん、本当だよ」

浩市も清も喜んで養父に抱きついた。百代はこんな様子を見るにつけ、そっと唇を噛むのだった。養父や養母、そして浩市や清も、決して百代を除け者にしていじめてはいない。家族の一員として迎えてくれている。百代のほうが養女という引け目を感じていたのだろうか。常に後ろに身を引いて、養父や養母に甘えることができなかった。

朝のこんな騒動のあと、三人は揃って雪道を登校して行った。浩市は清と百代の二人の女の子を置いて、近所の友だちと先に行ってしまった。

百代は十歳の五年生、清は九歳の四年生。登校も下校もいつも一緒だ。雪道に足をとられながら、二人は助け合って学校へ急いだ。

「百ちゃん、ちょっと待ってよ。足が抜けないよ。引っ張って……」

「はい、清ちゃん、手を貸してごらん。そう、そこで足を踏んばって。よいしょっと」

「百ちゃん、ありがとう。少し急がないと、遅刻しちゃうかな……」

「大丈夫。あそこまで行けば、雪かきがしてあるから……」

「ああ本当。でも、あんまり片付けちゃうと、雪合戦ができなくなるよ」

「校庭はうんと広いのよ。まだまだ雪で真っ白よ」

　百代は雪玉を作って清に投げた。

「あっ、やったね。ようし……命中！」

　負けん気の強い清は、雪玉を投げ返してきた。

「ごめんごめん。ここからは雪のない道だから、早く学校に行こう。あっ、ゆきちゃんが来たわ」

「ゆきちゃん、おはよう。雪が降ったね」

　ゆきは嬉しいことがあったのか、雪道を飛び跳ねるようにしてやって来た。ゆきは赤い長靴を履いている。

「おはよう。学校へ行ったら雪合戦をしよう」

　三人は肩を並べるようにして校門をくぐった。校庭のあちらこちらで、雪玉の投げ合いが始まっている。逃げる者、追う者、歓声が上がって、授業の始まる前のひと時、久しぶりの雪を子どもたちは楽しんでいる。

校庭の中央に大きな欅の木が立っている。春は新緑が芽吹き、夏は緑の木陰をつくり、秋は黄色に紅葉し、冬には葉の落ちた枝が大空に伸びて、子どもにも大人にも憩いのひと時を与えてくれる空間で、体育時の休憩や記念写真のロケーションの場として親しんでいる所である。この大木の下にもふかふかとした雪が積もっている。

百代はこの場所が好きで、休み時間になると、よくこの場所に来た。

(なぜ、田村の養女になったのかわからない)

淋しくなるといつの間にか、この欅の大木の下に来ていた。

百代の実家は、両親と姉兄妹と百代の六人家族である。家業は履物屋で、それなりの生活をしている。昔は口減らしとして、子どもを他家に貰ってもらうようなことがあったようだが、そんな時代でもない。

百代は授業が済んで家に帰ると、仕事が待っている。宿題が終わるのを待っていたように、女工さんたちから呼び出しがかかる。糸操りをしている女工さんの手伝いだ。百代はこの仕事も苦痛ではない。十歳の女の子が糸操り場をちょこちょこ走り回るのを、女工さんたちには微笑ましい姿として映ったようだ。

外での遊びに飽きた清が、仕事場に来て百代を手招きしている。それを見つけた養母は清を睨んだ。

「清も百代も仕事の邪魔よ。宿題は済んだの？　自分の部屋に行きなさい」

清は首をすくめて、百代を引っ張るようにして仕事場から出て行った。女工さんたちは知らん顔をしている。

清は百代の背中を押すようにして自分たちの部屋に来ると、秘密を打ち明けるように小声で話し出した。

「今日ね、学芸会のお話があったの。先生が『皆さんはどんな劇がやりたいですか』ってお訊きになったの。それで私は手を挙げたの」

「うん、それで?」

「それでね、この間、お父さんから『安寿と厨子王』の本を買ってもらったでしょう。それがすっかり気に入ってしまったから、『安寿と厨子王がいいと思います』と言ったの」

「うん、安寿と厨子王ね……四年生ではちょっと難しくないかな」

「大丈夫。私が安寿姫をやるから」

末っ子で気ままに育っている清は、なんでも自分の思い通りに事を運びたがった。

『安寿と厨子王』というのは、森鷗外の『山椒太夫』という作品のことで、母と姉弟が人買いのため離れ離れとなり、苦難の末、母子が再会するという、中世末から近世初めにかけて庶民の間に流行した説教節『さんせう太夫』を素材に文芸作品として発表したものだ。

「百代さん、夕食のお手伝いをして」

養母の声がして、襖が開けられた。

「何のお話をしていたのかしらね。また、清ちゃんが我が儘を言っていたの？」

「お母さんはすぐそう言うんだから。今日学校でね、学芸会のお話があったって言っていたの。清も夕食のお手伝いをしようかな」

「清ちゃんはいいわ、邪魔になるから。浩市は帰ってきたのかしら」

「お兄ちゃんはまだ学校だよ。だって中学へ行くための補習を受けているんだもの」

「ああ、そうだったね。浩市さんには中学校へ行ってもらわなくてはね。百代さん、お手伝いしてね、もうすぐ夕飯よ。それまでに清ちゃんはお部屋を片付けてね」

養母は「今日は何にしようかしら」と言いながら台所へ向かった。

織姫様の祭

四月、百代は六年生になった。

浩市もめでたく中学生となり、少し大人びて、百代や清の相手をしてくれなくなった。

田村屋の織物業は順調で、養父は商工会議所の役員としても活躍の場を広げていた。桜の名所として街の人々が集まる織姫神社の春の祭礼を控えて、あちらこちらと飛び回っている。そのためか近頃は、百代と会話することも少なくなっていた。

養母と清、百代の三人は満開の桜に誘われて、織姫山に登った。まっすぐに延びた石段を上ると、頭上では新緑と桜が交ざり、眼前には遠くの街の全景が見渡せた。神社の境内にはお休み処が設けられ、お花見の人々が三三五五に桜を愛でている。この織姫山は奥山への登山口にもなっていて、手頃なハイキングコースにもなっている。

　五月に織姫様の大祭が行われ、織物業に携わる人々が近郷から集まり、機織業の繁栄と感謝を祈念した。

　織姫様の祭典に養父と浩市、清の三人が出かけて行った。お祭りのために工場も休みである。今、田村の家には養母と百代の二人だけだ。百代は意を決して養母に話し出した。

「おばさん、どうして私はこの家に来たの？」

「えっ、なに？　おばさんではないだろう、お母さんだよ」

　百代はどうしても養母を「お母さん」と呼べなかった。

「でもおばさんでしょう。私にはお母さんがいるもの」

「そうね、百代には二人、お母さんがいるのね。あなたは小さかったから、この家に来た理由がわからなかったろうけれど、今はわかってくれると思うからお話をするわ。よく聞いておくれ。あれは六年前……田村のお父さんが伊勢神宮にお参りに行ったの。その時、神宮の宮司さんが、お父さんにこんなことをおっしゃったの。『養女をもらいなさい。そうすれば家がもっと栄えますよ』と……」

「それが、私だったの?」

「そう。お父さんには百代の、八木家のことしか思い浮かばなかったの。それでお父さんは、百代のご両親の所へ行ってお願いしたの」

「八木のお父さんはすぐに『いいよ』と言ったの?」

「いいえ……『養子に出す子どもなど一人もいない』と大変に怒ったわ。私たちは何度も何度もお願いをしたのよ。……それとその頃、八木履物店の商売が思わしくなくなり、四人の子どもを育てていく自信がなかったのかも知れないわね。『しばらくして三番目の百代を田村の家に行かせる。でも、百代が納得して田村百代になるまでは、田村百代にはしない』という約束で、百代は養子に来たの。百代が田村に来てから五年も経つのよ。もう八木百代ではなく田村百代でいいでしょう?」

「それで、八木のお父さんもお母さんも、顔を見せてくれないのね」

「百代さんが迷わないように、と気づかってくれているのだと思うわ」

「もう少しの間……八木百代でいさせてください」

田村の養父も養母も嫌いではない。百代自身、田村百代でもいいかなと思ったこともあるのだが、踏ん切りがつかないのだ。

「もういいでしょう。さあ、百代さんも、織姫様のお祭りに行っていらっしゃい。お父さんも浩市、清も社務所にいるから」

「おば……お養母さんは行かないの？」

「ええ、明日、稚児さんの行列が出るでしょう。面倒をみるのが商工会議所でのお父さんの係だから、準備をしておかないとね。さあ、百代さん、行っていらっしゃい」

百代は養母に着物を着せてもらい、織姫様へ出かけて行った。養母はその後ろ姿を、温かい眼差しで見送っていた。

翌日の日曜日は朝からよいお天気で、稚児行列が立派にできそうだ。稚児行列に参加する子どもたちも、付き添いの親たちも、みんな晴れがましい顔をしている。午前十時に織姫神社に集合した一行は、宮司さんを先頭に行列を組んで、街の中を練り歩いた。田村の家で弁当を食べ、その後同じ道を通って、織姫神社に帰ってくることになっている。

稚児さんの行列が田村の家に着いた時には、大勢の観衆が行列の周りを取り囲んだ。その中に、百代はちらっと、八木の母の姿を見たように思えた。弁当を食べる人たちに、お茶の接待をしていた百代は、はっとしてその姿を追った。急いで門の所まで駆けつけてみたが、どこにもその姿は見えなかった。

「百代さん、どうしたの？　皆さんにお茶をさしあげて」

「はい」

百代は養母の所へ戻ったが、視線だけは門の外へ向けられていた。その時、稚児行列に参加していた一人の母親が、百代に近づいて何か言いたそうにしているのに気づいた。

「何か用ですか？　お茶ですか？」

「いいえ、あなたが百代さん？」

「あ、はい。八木、いえ、田村百代です」

「今日の稚児行列に、うちの子が参加したの。それに私が付き添いをして一緒に歩いてきたのだけど……はるさん、あなたのお母さんをちらっと見かけたの。さっきも門の所にいたわ。きっと百代さんに会いに来たのではないかしら」

「そうですか……」

百代は辺りを見回した。しかし、母らしい姿は見当たらなかった。

その夜、百代はもう一度、養父と養母の前で、八木の父と田村の養父との約束を確かめようと思った。

「おばさん、話があるんだけど、聞いてください。おじさんはまだ帰らないの？」

「今夜はお祭りの終わりの日だから、帰りは遅いだろうよ」

昼間、八木の母が来たのかだけでも訊こうと思ったが、養母はすっかり疲れきっている。でも、それだけではないようだ。

「今日ね、お母さんが……」

「百代さん、今日はご苦労様でした。疲れたろう、早くお休み。明日は学校だろう」

百代は昼間の出来事は自分の錯覚だと思いたかった。

（八木の父母も田村の養父母も、百代が田村の人間になることが、幸せなのだと思っているのかも知れない）

訊こうか、訊かないでそのまま自分の胸にしまい込んでしまおうかと、ぐずぐずしていると、

「百代さん、少しお話ししましょう。ここに来て……」

養母は百代と向き合った。そしてお茶をいれてくれた。

「あなたも見たように、八木のお母さんが昼間見えたの。お父さんは商工会議所の仕事で飛び回っていたから、私とお話をしたの。百代、びっくりしないで聞いて……八木のお父さんが亡くなったの。百代には知らせるな、とお父さんが言っ

てたから今になってしまったの。お父さんがご焼香に行ってきたわ。

　八木のお父さんはお亡くなりになる前、百代のことを大変に心配しておられ、百代のことはどうしたらいいだろうと心を残していたようよ。それにもう一つ、お姉さんのあきさんがお嫁に行ったわ。生前、八木のお父さんは大層のお喜びだったそうよ。今日、八木のお母さんは、百代のことをはっきりさせたいとお見えになったの。それで……」

「お父さんが死んだ!?　本当ですか？　そんな……」

　突然の話の展開に、百代はぼうっとして涙も出てこなかった。

（一人になりたい。でも清には涙を見せたくない）

　百代の足は工場へ向かった。思いきり泣きたかった。

　保安のために点いている電灯で、工場の中はぼんやりと見える。普段は機織り機械の音と、女工さんたちの声高な話し声で騒然としている所なのに、今は機織り機械が黒く影を落としているだけだ。

　百代は今までの五年間、我慢していた感情を一気に爆発させた。大声で泣いた。

嗚咽と涙を止めようがなかった。後ろから養母がそっと百代の肩を抱いてくれた。百代は初めて、養母の胸で声を上げて泣いた。

八木の父が亡くなったことが、百代の心境を変えていった。八木の母の力になりたいと思うようになった。八木家に戻りたいと思った。

田村の養父は時々八木家を訪れていたようだ。しかし百代にその事情を話すことはなかった。いつも無愛想な養父であった。

百代の決断

機織り業にも、一つの波がやってきた。

第一次世界大戦の影響か、銘仙など反物の需要が下火になって、軍需産業に変わり行く過渡期である。大勢いた女工さんたちも、実入りの多い仕事へと変わっていき、往年のにぎわいが、田村屋にも見られなくなった。養父も販路を求めて、織物共同組合と共に走り回ったが、世情の倹約という風潮には勝てなかった。それでも毎日毎日夜遅くまで駆けずり回っている様子だった。

ある日、珍しく夕食時に家族全員の顔が揃った。清は少しはしゃいで、

「お父さん、久しぶりな気がする」

「そうだな、毎日忙しく飛び回っていたから、浩市や清、百代の顔も見られなかった。浩市、勉強のほうは進んでいるのか？」

「うん、教室の勉強より、外のほうが多くなったみたいだ」

「お父さん、何かお話があるの清にも話して」

「今夜は大切な話があるんだ。浩市も清も百代もちゃんと聞いてほしい……。百代がどうして田村の家にいるのか知っているかい？」

「百代ちゃんは田村の家に養子に来たんでしょう。清はお姉さんができてうれしかった。でもどうして、百代ちゃんは田村百代ではなく八木百代なの？　不思議だなあ」

「清ちゃん、黙ってお父さんの話を聞きましょう」

「そう百代は田村百代ではないね。……それはお父さんの欲から始まったことなんだ。家業を発展させるには、養女を迎えなさいとすすめられ、八木のお父さんに無理を言って百代を養子にした。でもその時、八木のお父さんと約束したんだ。百代が本当に田村の人間になるまでは、田村百代にしないでくれ、と。今の世の中の様子を見ると、田村の織物業はもう終わりだろうな。八木のお父さんに申し訳ない……」

「百代ちゃん、八木の家に帰るの？」

「どうかな……。百代が決めたほうがいい」

「そうね、私たちは親子として仲よくやってきたつもりだけど……」

「百代、今すぐに決めることはないよ。よく考えて……。さあ、久しぶりに家族が揃ったのだから、楽しい夕飯にしよう。お母さんが腕によりをかけて、ご馳走を作ってくれたから」

「お父さん、お酒あがりますか？」

「おお、いいね。家だから少し呑み過ぎても心配ないな」

百代は自分の思っていることをここで言おうかと思ったが、言うことが躊躇われた。今すぐ言うと、思いつきで言っていると思われるだろうからやめにした。

（これからの自分の立場をはっきりさせておかないと、八木家にも田村家にも迷惑がかかり、お互いに反目することになるかも知れない。今まで八木百代で通してきたのは、自分の意志であったはずだ。ここで自分の立場をはっきり主張することが一番いいことだ）

「親父の酒の相手なんてしていられないよ。ご馳走様」

浩市は「勉強勉強」と言いながら、座を立って行った。

「百代さん、清ちゃん、あなたたちもいいわ。食事の片付けは私がするから、お部屋へいらっしゃい」

「はぁい」

百代と清は二人頷き合いながら、じゃれ合うように座を立った。二人の姿が見えなくなると、

「百代は、八木へ帰すほうがいいですね」

「そうだな。私の我が儘から始まったことだからな。それに今の日本では、この仕事も終わりだろうから」

夜具に入ってからも、百代はなかなか寝つけなかった。

（一度、八木の母に相談してみよう。八木家に戻りたいと言ったら、なんと言うだろうか。『あなたは田村の子どもになったのよ』と言うだろうか）

百代は母の愛を確かめたかった。田村の養母も、八木の母も同じように、百代に母の愛を注いでくれた。それは百代にもよくわかっている。でもそれは、百代にとっては実体のないものだった。

（日曜日にでも八木の母を訪ねてみよう。そして六年振りになる兄や妹に会ってこよう。これからまた家族として、暮らしていく兄妹だから……）

＊

こうして、小学校六年生だった百代は、卒業後、八木家に戻った。父・清吾、母・はるの子ども、八木百代として……。

清は泣いて別れを惜しんでくれた。

第二章　旅をしよう

天の海に月の船浮け桂梶かけて
こぐ見ゆ月人をとこ
（万葉集）

煙のむこうに

小さな履物店に百代は戻ってきた。百代の生まれた家に……。六年間も会わないでいると、兄妹も何かよそよそしい。しかし田村にいた頃には考えられなかった、近所の友だちがたくさんできた。

当時の女の子たちは小学校を終えると家事をまかされるか、他家に花嫁修業という名目でお手伝いとして働きに行く。少数派が女学校へ進学するような状態であった。

百代は田村家から戻って、家事の手伝いと履物店の店番をしていた。しばらくはこんな生活でいいかと思った。いかつい親父が座っているより若い娘のほうがいいと、店先には人々が集まってきた。

百代が十五歳になった春、青山鉄鋼場で働くことになった。工員としてではなく家事の手伝いと、子どもの世話係り（『ねえや』と言われた）だ。幼稚園に通う女の子と男の子の送り迎えが主な仕事だ。この頃のお手伝いさんは、住み込みで働くことが多かった。またしばらくは、母のはると別れ別れに暮らさなくてはならない。

春のお彼岸に母のはるから、父の墓参に行こうと言われた。

毎朝、はるは仏壇にお水を供え、お灯明をあげる。そして線香の煙のたなびく前で手を合わせる。長いこと仏壇の中の遺影に、何事かつぶやいている。

今朝も遺影と向き合いながら百代に言った。

「また少しの間、百代の顔が見られなくなるね。桜もほころび始めたろうから、お父さんのお墓参りをしながら、お花見でもしようよ。今日はお店を休みにしてさ……」

八木家の墓はこの街の公園墓地にある。春は桜に彩られ、その後、藤、つつじと続き、秋には広葉樹が赤く色づき、借景になる織姫山と共に、行楽地としても大勢の人々の憩いの場になっている。

「お父さん、これから百代とお墓参りに行きますよ」

仏壇の中から父の位牌を取り出し、タオルでぬぐって元へ戻した。

公園墓地は春の彼岸で、花や線香を持った人々が山門を忙しなく出入りしている。本堂からは読経の声が聞こえてくる。雑草を抜いたり墓石を洗ったり、子どもたちは遊び半分で、見ている側も楽しくなってくる。皆も、このあとはお花見をするのだろう。

八木家の墓は、はるが前もって掃除をして、きれいになっていた。百代が持ってきた花を供え、はるは線香に火を点けた。はるも百代も長い間手を合わせていた。

「あらっ、好江さん、お墓参りですか？」

二人の女の子を連れて、八木家の墓の前を通りかかった従姉妹の榎本好江に声をかけた。

「ああ、はるさん。お花見を兼ねてね。仏様には申し訳ないけどね。百代さんも一緒なのね」

女の子たちは、花見のお団子が目当てなのか、急いで榎本家墓地へ走りかけた。

「お墓では走ってはだめよ……。はるさん、百代さん、あとでご一緒しましょう」

とあいさつをし、好江は二人の子どもを追って行った。


花見をした夕方、書店に寄りたいという百代と別れ、はるは家に帰ってきた。仏壇の前に座り、マッチを擦る。ぼうっと燃え上がった灯りが、仏壇の清吾の遺影を浮かび上がらせた。ろうそくに火を移すことも忘れて見つめた。暗くなった。もう一度マッチを擦ってろうそくに火を移した。線香を灯し、仏前に供えた。

「お父さん、孝一も百代も和子も元気ですよ。百代のことでは私はとても悲しかった。でも、百代はよく頑張ってくれました。そして、戻ってきてくれた百代はお父さんと私の子ですよね」

部屋の灯りをつけるのも忘れて、遺影と向き合って座っていたはるは、暗闇が迫ってくる中でふっと我に返った。

「さあ、今夜はお父さんの好物を作りましょうね。孝一はまた帰りが遅いのかな」

立ち上がって電灯をつけた。明るい光が部屋の隅々まで満ちて、はるはなぜか安堵の胸をなでおろした。

「ただいま」

「お母さん、お買い物があるでしょう」

口々に言いながら、和子、百代が帰ってきた。

「和子、遅かったじゃないか。学校が終わったら、真っ直ぐに帰っていらっしゃい」

「本屋から出たら和子にばったり……」

「お姉さんはいいな、お母さんとお花見に行ってきたんでしょう。あっ、お墓参りだったね」

「そうよ。まだ少し早かったけど、お花の下でお団子食べてきたよ、ねぇ、百代」

「いいな、いいな。和子もお団子食べたいな、ねぇ、お父ちゃん」

「ああ、そうだ。お父さんにお土産があったんだ。和子はお父さんのあとでね。……夕飯はお父さんの好物を作るから百代、手伝って……。和子は庭の植木に水をやってね」

すすきとののさん

春の彼岸も過ぎた四月二日から百代は青山鉄鋼場へ行った。台所仕事は田村家にいた頃からやっていたので、苦にはならなかった。百代の主な仕事は、朝、幼稚園へ二人の子どもを送り届け、午後二時頃に迎えに行くことだ。この仕事のほうが百代には大変だった。

初めのうちは二人とも恥ずかしいのか、おとなしく百代の言うことを聞いていたが、慣れてくるにつれていたずらをするようになった。弟の透は虫の嫌いな百代に、

「いいものをあげる、手を出して」

と言って、開いた手の中に毛虫を落として百代に大声を上げさせたり、街頭でもらった風船を破裂させたりした。透としては、これが親近感を表しているようだった。その点、姉の道子はなかなか心を許さず、百代をじっと見ている様子だった。そして良い子でいた。

梅雨時の送り迎えは、十五歳の百代にとって大変であった。この時期もどうにか無事に過ぎ、夏休みに入った。

夏休みが始まって二、三日は姉弟の母が公園に虫取りに連れて行ったり、川原へ水遊びに連れて行ったりしていたが、間もなくこの仕事も百代に回ってきた。

午後に激しい夕立があり、夜になっても雨がやまなかった。長雨になったようだ。道子たちの父親が庭続きの工場から帰ってきた。戸の開く音に玄関まで迎えた透は、濡れた服を拭っている父に言った。

「雨、まだやまないんだ。明日、軽井沢に行くのに……」

「お父さん、お帰り。透はうるさいんだよ、軽井沢、軽井沢って。ねえ、百ちゃん」

道子は百代に同意を求めた。

「透、おみやげがあるんだ。東京からのお客さんが持ってきてくれた」

父親は透に紙袋を渡した。それを受け取った透は中を覗いて歓声を上げた。

「帽子だ、野球帽だ。ぼく、欲しかったんだ」

帽子を被って、廊下を走り回る。

「これ、軽井沢でも被るんだ。あとで明ちゃんにも見せてやろう」

「透、静かにしなさい。家の中では帽子は被らないのよ。ああ、それから百代さん、明日から、私たちは軽井沢に行きます。あなたも一緒に来てください。なおさんには残って、工場と軽井沢の連絡をしてもらいます」

百代は「はい」と答えたものの、道子や透の留守の間、母の所へ行ってこようと思っていたので少し残念に思っていた。

「道子も透も、お出かけの用意はできているの？」

「はーい。百ちゃんにお手伝いしてもらって、カバンに詰めたよ。クレヨンでしょう、スケッチブックでしょう。それから……」

「百代さん、あとで私の部屋に来てください。持って行くものをボストンに詰めますから」

慌ただしく出発の準備が始まった。道子や透は、母親に追い立てられて床についた。

＊

朝靄にかすんでいる牧場。朝の太陽は力強く野の草花を輝かす。そんな草花を見ながら、道子と透の父親・青山謙作は朝の散歩を楽しんだ。

そしてふと目をとめた叢の中に白い物を見つけた。近づいてみると白い帽子だ。白い帽子の端のところに「とおる」と書き込みがある。透の帽子だ。まさか誘拐だろうかと、不安な気持ちを抑えて帽子に手をかけると、帽子の中からモンシロチョウが飛び出してきた。謙作は唖然とモンシロチョウの飛び立ったほうを見上げた。モンシロチョウはしばらく謙作の周りでひらひらとしていたが、森の方角へ飛び去って行った。

そこへ道子と透、百代が虫かごを持って走って来た。そこにいる父に、

「ぼくね、きれいな蝶を捕まえたんだよ」

「あっ、お父さん、それ透ちゃんの帽子！」

「ぼくが捕まえた蝶がいない！　お父さん、知らない？」

「ごめんごめん。透が帽子を落としたのだろうと思って……」

父も透も空を見上げ、モンシロチョウの姿を捜したが青い空だけだ。

「逃がしちゃったの？　虫かごを取りに行って来たのに……」

「朝ご飯が済んだら虫取りに行こう。お父さんと一緒に」

その一言で透の機嫌は直った。父に肩車をしてもらい、白い野球帽を被って意気揚々と、朝食のために母の元へ帰った。

百代は息子を肩車し、娘の手をひいて前を行く親子に、今まで自分になかったものを見た。

この軽井沢での生活は、百代にある疑問を投げかけていた。道子や透は父と一

緒に乗馬を楽しんだり、澄み切った夜空で星座の名前を覚えたり、登山に挑戦したりして父母の愛情を身近に感じているようだ。百代は自分も田村の家に行かなかったら父母から十分な愛情を注がれたのだろうか、という疑問だった。

＊

謙作は三日ほど軽井沢にいて、先に帰った。その後も道子や透たちは、秋の始まった高原を十日間ほど楽しんで家に帰った。百代も澄み切った空気の中で、思いがけず身も心もゆったりとした。

ところが青山家に帰ってみると、同僚の藤田なおの嫌がらせにあってしまった。

「私のほうが青山の家では古いのよ。今年も軽井沢に行けると楽しみにしていたのに、新米のあなたが行くなんて……悔しいわ。百代さんが行きたいと言ったのでしょう」

「いいえ、青山の家が夏に軽井沢へ行くなんて、私は知りませんでしたよ」

「奥様にうまくとりいったのでしょう。先輩の私を差し置いて」

これ以降、なおは何かにつけて百代に意地悪をした。

今日は、台所仕事のちょっとした失敗を、いつものようにねちねちとなおに言われた。そのため百代は、夜、床に入ってもなかなか寝つけなかった。

しばらくうとうとし、なぜか一面のすすき野原に立っている自分を見つけた。静かに風にゆれているすすきの中に、母のはるが立っている。

「百代さん……どこにいるの？」

「お母さん、ここよ」

「さあ、帰りましょう。もうじきお父さんがお帰りになるでしょうから」

百代はすすきを二、三本折り取って、母の所へ寄って行った。

「お父さんは、すすきの穂が銀色に波打つ頃には帰ってくるよって言っていたわ」

「お父さん……」

すすき野原を渡る風に乗って、百代の声は遠く響いていった。

「お父さん」の声で、百代は目覚めた。

（私には父、母が見守ってくれているのだ）

翌日、百代は道子と透を幼稚園に送り届けた帰り、ちょっと寄り道をした。街の郊外はまだ自然が残っており、すすきの穂が波打っている所もあった。百代は十本ほど折り取った。そしてその半分を母の元へ届けた。

残り半分のすすきを持って帰ってきた百代を見て、なおは嫌な顔をした。「すすきなど花屋に持って来てもらうのに」と言いたそうだ。

「あら、すすき。今夜は十五夜だったわね。お月見をしましょう」

道子たちの母・克子は忙しそうに事務室へ入っていった。

午後、道子と透を幼稚園に迎えに行くと、お帰りの会で園長先生が、園児たちに「今夜は十五夜です。お月様をよく見てごらんなさい」と話をしていた。

「お月様の中にはうさぎがいるの?」

「お月様の中にはかぐや姫が住んでいるのよね」

こんな口々に自分の知っていることを百代に話しながら家に帰ってきた。

「道子も透も、今夜は十五夜でしょう。なおさんにお団子を作ってもらって、お月見をしましょう、百代さんがすすきを取ってきてくれたわ」

なおが作った団子を、十五夜にあわせて十五個お盆に盛り、百代が折ってきたすすきに野菊を添えた花瓶が、廊下の飯台の上に飾られた。

まん丸な月が東の空から昇って、辺りは昼のように明るい。透は月面を見て、うさぎがいるとはしゃいでいる。

そこへ青山謙作の友人である、高林寺の住職が来た。謙作が今夜の十五夜の食事に招いたのだ。初めのうちは緊張していた道子も透も、だんだんに打ち解けて話題もにぎやかになった。

「きみは、なんという名前だ？」

「ぼく、青山透です。お姉ちゃんは道子」

「透さん、自分のことだけお答えすればいいのよ。お姉さんのことはお姉さんがお答えしますからね」

克子は軽く透を諌め、住職に頭を下げた。住職は「まあまあ」と言うように、

「透くんか、いい名前だね。お父さん、お母さんの願いが名前になっているのだよ、大切にしようね。お姉ちゃんは道子さん、これもいい名前だ」

「和尚さん、お月様があんなに高い所に」

「まん丸なお月様だ。透くん、道子さん、お話を聞いてくれるかな……。

毎日毎日、戦ばかりしていた頃、食べ物がなくて飢えている人が大勢いました。子どもを連れて、月夜の晩にそっと他人の畑に行って、芋を盗もうとしたお母さんがいました。ひもじい思いを子どもにさせたくないという親心だったんだよ。他人の芋畑に入って盗もうとした時、子どもに訊きました。

『だれも見ていないかい？』

子どもは、

『だれも見ていないけど、ののさんが見ておる』

ののさんというのはお月様のことだよ。きっと今夜のような、まん丸お月様だったのだね」

百代は、悪事というものは隠そうにも隠せないものだ。そのところをどう自分で乗り切っていくかが大切なことなのだと痛感した。なおも何か感じたらしく、その後、百代に対するいじめも、以前よりは穏やかになった。

旅をしよう

第一次世界大戦の軍需景気があとをひき、軍国主義が拡大し、青山鉄鋼場も大きく発展して軍需産業の大手になっていった。こんな時節の中で百代は青春時代を迎えた。

二十三歳になった時、百代は青山謙作から見合いをすすめられた。謙作からの突然の呼び出しに百代が奥座敷に行くと、青山夫妻が床柱を背に座卓の前に正座していた。百代は恐る恐る部屋に入った。青山は手招きして百代を座卓の前に座らせた。

「百代、いつもありがとう。道子は県立の女学校へ、透は県立の中学校へと元気に通っている。百代がよく面倒をみてくれたからだと感謝している。そこで、百代もそろそろ嫁に行ってもいい年頃になった。ぜひ嫁に欲しいという話があった。ここに相手の履歴と写真がある。お母さんとも相談して、よかったら決めなさい。

私もいい話だと思うよ」

「百代さんだったら、いいお嫁さんになると思うわ」

「これが履歴と写真だ。一生のことだからよく考えて決めなさい。いい人のようだ」

　百代は、すすめてくれた人は軍人なのだろうか、とふと頭をよぎった。今は軍人が幅を利かす風潮になってきている。なおも青山家の口利きで軍人と結婚した。

　その夜、青山家から休みをもらうと、百代ははるの元に帰った。見合いをすすめられている人の履歴と写真を持って。

　百代は、選り好みを言っていられる時節ではないと決心して、この話を受けることにした。履歴によると相手の人は友禅の型紙を起こす仕事をしているということだ。軍関係の産業が発展していく中で、伝統産業を受け継いでいることに心が動いた。写真の中の人はとても生真面目に見える。

　百代はお見合いをし、結婚することを決めて、青山家の仕事を辞めて八木家に戻った。

兄の孝一はすでに結婚し、はるの元から独立していた。妹の和子も電話局に職を得て、寮に入っている。百代は母とできるだけ一緒にいようと思っていた。百代ははるの元で花嫁修業に励んだ。母からいろいろ教えてもらうことに、大きな喜びを感じていた。

百代は結婚相手の相川芳久と顔を合わせたのはお見合いの席だけであった。この時代は、これでそのまま結婚ということになる。中には写真だけでということもあったようだ。

田村の養父が関わっていた商工会議所の主催で、この街の大きな行事である納涼花火大会が、八月の盂蘭盆の中日十五日に行われた。この夜、相川家から百代とはるは夕食の招待を受けた。花火大会が行われる河川敷近くの料亭に席を設けたということだ。

百代もはるも涼しげな浴衣だった。仲居さんに案内されて座敷に通されると、そこには相川の父母と芳久がすでに到着して待っていた。彼らも浴衣姿だった。

浴衣はこの席が堅苦しいものではないことをあらわしていた。

　座敷の障子が広く開け放たれ、花火の上がる空が庭木を通して見通せた。花火見物に集まった人々のざわめきが、嘘のように遠くに聞こえている。

　仲居さんのおもてなしで食事が始まった。突然に大きな音がして、空一面に大輪の菊の花が開いた。空に目をやった時には消えかけている。百代は次の花火が上がる前に部屋の灯りを消した。部屋は暗くなり、障子の外が切り取られたように明るんでいる。静寂のあと、シュッという音と同時にドカンと花が開いた。次々に繰り広げられる花火の饗宴に、百代たちは心を奪われた。

「芳久、食事が済んだら百代さんと外へ出てみたら……」

　芳久の母のふじが、芳久の心を見透かすようにすすめた。

「そうだな、土手から眺めるのも一興かも知れないな。私たちはしばらく八木さんとここにいるから」

　芳久の父も百代の母に同意を求めるよう頷きながら言った。芳久は照れながらも百代を誘って外へ出た。人々の往来で土手はにぎやかだった。川面に吹く風で気持ちがよかった。芳久と百代は何を話すでもなく、川原の土手を歩き、立ち止まっては花火を見た。

「百代さん、私と一緒に旅をしましょう。長い旅か短い旅か……いい旅にしたいですね」

「ええっ、旅ですか?」

「そうです。私たちの、人生の旅です。楽しみですね」

芳久からプロポーズの言葉を聞いていなかった百代は、これがプロポーズなのだと受けとめた。心優しい人なのだと、胸を熱くするものがあった。

その年の十二月の吉日を選んで芳久と百代は結婚した。小春日和の穏やかな日だった。田村家、青山家の人たちをはじめ多くの知人たちに祝福されて、新しい人生のスタートを切った。

第三章　一人の旅路

秋風の寒く吹くなへ我が宿の
浅茅がもとにこほろぎ鳴くも
（万葉集）

芳久との別れ

芳久は百代と結婚して、今までいた相川家から独立し、狭い借家だが楽しい家庭を作ろうとした。

相川家というのは、戦国時代の家老職の流れを汲む家系で、今でも近くの街には、当時の威厳をそのままに、家風を保っている親戚がいる。その家老職の枝である相川家も親戚としての付き合いから、堅苦しいところもあった。

芳久と百代は結婚当初は、相川の父母と同居していた。舅は百代に目をかけ可愛がってくれたが、その反面、姑は何かにつけて口やかましかった。嫁が憎いとかいじめたいという気持ちではないのだが、百代のやっていることが気になって、つい言い過ぎてしまうようだ。

「お母さん、お茶にしてください」

百代は外から声をかけて襖を開けた。義母は手紙でも書いていたのか、文机から顔を上げた。

「先ほど大本家のおばあ様から電話をいただきました。明日来てくださいとのことでした」

義母は百代の持ってきたお茶をゆっくりと飲みながら顔を百代に向けた。

「そう、ありがとう。大本家のおばあ様に失礼はなかったでしょうね」

「はい……お元気そうでした。あの……夕食は何にしましょうか？」

「そうね、おまかせするわ。うちの人にも訊いてみて」

義母の「おまかせする」というのが百代は苦手であった。嫌味ではないのだが、必ずあとでひと言あるのだ。

芳久はこんな義母と百代の関係を知ってか知らずか、独立することにしたのだ。相川家にも八木はるの所にも近い、二人だけの住まいを持った。こんなところにも芳久の優しさが出ているのだろう。

芳久は友禅の型紙起こしの仕事のほか、釣りの趣味を活かして釣具店を始めた。仲間が仲間を呼ぶというのか、この釣具店は繁盛していった。芳久は釣名人といわれる客には道具を吟味してすすめ、初心者には丁寧に相談にのるという対応をした。これが評判になって店は繁盛していき、芳久と百代の生活も安定していった。

そして第一子をもうけた。

芳久は大変喜んで、自分の一字をとって子どもに「芳樹」と名づけた。芳樹の誕生は周りの人々から祝福された。

百代の母のはるは、自分と夫が不本意ながらも百代を手元から離したことを後悔しており、同じ思いを百代たちにさせてはならないと、亡き夫の位牌に誓った。

その後、二番目の子どもが誕生した。その子は「清樹」と名づけられた。

百代は二人の子育てと店番に追われる毎日だった。芳久は百代に家庭をまかせ、近所に住んでいる親友と街の行事に参加し、街の振興に寄与していた。

百代は芳久のそんな友人を悪友なのかも知れないと、自分の友人にこぼすこともあった。

＊

幸福だった芳久夫婦の生活に不幸が訪れた。

芳久は最近、右ひざがおかしいと感じていた。この異常は今のところ、運動したあとや長い道を歩いたあとなどだけだった。そのため、特に百代には知らせていなかった。しばらくして、異常がなくなったので、芳久自身は気のせいだったのかもと思っていた。

ところが、少しすると痛みが頻繁に起こるようになり、病院へ通院し始めた。こうなると百代に内緒にしておくわけにはいかない。

芳久の家の近くに大きな寺院がある。その周りには濠が巡らされていて、真冬になると氷が張って、スケートを楽しむ街の人々でにぎわう。

芳久が小学校の一年生だった頃、彼はここで友人と一緒にスケートに興じていた。芳久と友人は自家製の下駄スケートを履いていた。競争をしたり、鬼ごっこをしたりして、日曜日は朝から昼近くまで遊び回った。

「おーい、芳久。こっちだよ」

鬼になった芳久を友人が誘った。芳久は「待てー」と追いかけようと足に力を入れた。その瞬間、足元の氷が割れて濠にはまってしまった。濠の中にはガラス片や尖った石でもあったのか、足の甲がぱっくりと割れて、大量の血が流れた。そして傷口が濠の汚れた水に触れたことで、破傷風に感染した。だが治療に専念したおかげで、この時は大事に至らず完治した。

しかし医師によると、その時の破傷風が原因で、ひざに痛みがあるのだという。さらに医師は、骨肉腫の疑いもあるというのだ。

芳久が入院することになった時、百代は三番目の子どもを身ごもっていた。そして「正樹」が誕生した。芳久は三人の子どもを残して入院するという、苦渋の判断をすることになった。

（痛みが再発したということは、自分はこれで終わりなのだろうか……）

病院にいても百代と三人の子どものことを思うと、じっとしていられない。

百代は一人を背負い、二人の子の手を引いて見舞いに訪れた。芳久は言うに言われない申し訳なさと惨めさで心が乱れた。そんな時、病院が物珍しかった芳樹が走り回った。芳久はついイライラして芳樹に枕を投げつけてしまった。この時以来、芳樹は百代の陰に隠れて芳久に近寄らなくなった。子煩悩な芳久にとってこれほど寂しいことはなく、反省したが後の祭りだった。

相川の義父母も、上二人の子どもを預かって、よく面倒をみてくれた。下の正樹は、正樹をとりあげてくれた助産婦さんが引き受けてくれ、その間、百代は芳久の看護にあたった。また、芳久が入院後始めた雑貨の店を切り盛りする毎日が続いた。

＊

芳久の痛みの進行はことのほか速く、傍で看ている者には想像もできぬくらいに激しく、百代などは身の縮む思いだった。子どもの頃の怪我で骨肉腫にまで進展してしまった。

　そして、芳久は百代と三人の子どもを残してこの世を去った。二十八年の短い人生だった。芳樹が三歳になった秋であった。

　葬儀が済み、三人の子どもを寝かしつけた百代は子どもらの寝顔を見ていると、ふつふつと悲しみが湧いてきた。葬儀から三日間、母のはるが泊まり込んで何かと百代を力づけてくれた。だが母が帰ってしまうと心に隙間ができ、悪いことばかり考えてしまった。そして百代は三人の子どもと死んでしまおうという誘惑に襲われた。三人の子どもを連れて、夜の川原をさまよったこともある。

　百代の母も義父母も、ここまで涙を見せない百代に、何か不吉な予感を持った。

「百代、ご苦労様でした。疲れたろう、少しゆっくり休んだらどうだ」

「そうだよ、百代……。悲しかったら泣けばいいじゃないか。気がまぎれるだろう」

「百代、これからどうする？　まだ若いのだから、再婚してもいいんだよ」

義母などは、再婚相手を今にも探してきて、百代にすすめそうだ。

「私は、子どもたちとこのままやっていきます。きっと芳久さんもそれでよいと言ってくれるでしょうから……」

でも、こんな百代の強がりは長くは続かなかった。上の二人の子どもは義母の元へ喜んで出かけて行き、雑貨店は休みがちになり、百代はふさぎ込む日が多くなった。

そんな百代の負担を少しでも軽くしようと、義父母や芳久の兄姉から、百代の子ども三人のうちの一人を養子に出したら、という話がもち上がってきた。子どものいない芳久の長兄夫婦が「自分の子どもに欲しい」と言っていると、百代に伝えてきた。芳樹を、という話まで進んでいるようだ。

百代は自分の幼い頃のことを思い、どんなことがあっても養子には出すまい、と、死んだ芳久に誓っていた。そして拒んでもきた。だが現実は、親子四人の生活が成り立たなくなってきている。

「百代さん、芳樹を私の所にください。私たちには子どもがいない。芳樹は私たちのことを『むこんちの父ちゃん、むこんちの母ちゃん』と言って、よく懐いてくれているから……」

芳久の長兄は、百代の家計を助けてくれるだけでなく、本当に芳樹を自分の子のように愛してくれているのかも知れない。

「義兄さん、ありがとうございます。芳樹もどの子も、母子家庭に育つよりは、父母の揃った家庭のほうがよいことはわかっています。でも、真実の愛はどっちなのだろうと考えています」

「このままでは親子共々、だめになってしまうだろう。一人でも……。もう一度みんなで考えてみよう」

「どの子も私にとっては、大事な子どもです」

百代は養子の話を頑なに拒んだ。その代わりに、次兄の二番目の娘の美子が長兄の養女となった。長兄夫婦はその後も百代親子を心配してくれ、美子は芳樹とは姉弟のような間柄になった。

しかし、次第に生活は困窮していき、どう考えても、女手一つで三人の子どもを育てるのは無理だった。百代は考えに考えた末、親子共倒れになるよりは一人養子に出そうと決めた。清樹だった。どんな思いで清樹を養子に決めたのか、誰にもわからなかった。たぶん真ん中の子は社交性に富んで、少しぐらいの苦難には打ち勝つことができるだろうと、親子の情愛を閉ざしたのかも知れない。

百代自身も大人の都合から、他人の家で六年間暮らしてきた。清樹は百代から離れて、他の家の子どもになってしまう。

（そんなことが……）

百代は涙が涸れるほど泣いた。そして、今後どんなことがあっても、涙は見せまいと誓った。

「たあたん」と呼んで

　清樹の養子先は青果商を営み、通称「バナナ屋」と呼ばれている。この地域のバナナの需要を一手に引き受け、問屋としても営業している。そのため、時には朝食も昼食もできぬくらいに忙しかった。子どもに愛情を注ぐよりは、商売のほうに力が入るという夫婦のようだったが、やはり跡継ぎが欲しかったのか、伝手を頼って清樹を養子にした。

　百代は養子に出した清樹の様子が気になってしかたがなかった。

（清樹は、昼間は店先で店員や客などと遊んでいたが、夜はどうしているのか……しかし養子に出た子どもに、親ですと顔を見せるわけにはいかない。早く養子先の木村と、本当の親子として生活してほしい）

　ある夜、どうしても連絡を取らなくてはならない用事があり、百代は木村青果店を訪ねた。店先で用事を済ませ、清樹には会わないで帰るつもりでいたが、百代の声を聞きつけたのか、清樹が出てきた。「たあたん、たあたん」と泣いている清樹がいた。「たあたん」と百代を呼んでいる。涙を見せないと誓った百代だったが、木村夫婦の前で声を上げて泣きながら清樹を抱きしめた。

百代に抱かれて安心したのか、清樹はそのまま眠りについた。

百代はこのまま清樹を連れて帰ろうかと思った。でもあとに残った二人の子どものことを思うと、そうもいかなかった。

（子どもを養子に出した罰が下されたのかも知れない。しばらく清樹のことは考えまい、見まい、聞くまい）

そう決めて、木村青果店をあとにした。

忘れもしない二月二十日、小雪がちらつく朝から肌寒い日だった。百代の元に木村青果店から来てほしいという連絡が入った。百代は正樹を背負い、芳樹の手を引いて木村青果店へ急いだ。

薄暗い部屋の中で清樹は寝ていた。百代の顔を見ても「たあたん」という気力もなく、目だけがぎょろぎょろしている。

「二、三日前から様子がおかしかったので、病院の先生に診てもらったんです。風邪をひいたようだから、暖かくして休ませてくださいと言われたので……」

「木村さん、清樹がかわいそうです。もっと清樹のそばにいてあげてください。お店が忙しいのはわかりますが……」

百代はこのまま清樹を置いておくことはできない。ここにいて清樹を看病しようかと思ったが、芳樹や正樹を考えると無理だった。

そして二日後の昼、清樹は木村の母に抱かれて、息を引き取った。百代はすぐさま木村の家に駆けつけ、木村の手から清樹を抱き取った。この時、百代は泣かなかった。悲しみよりも、情けなさ、悔しさが身体を駆け巡った。そして、百代は木村夫婦に言った。

「清樹を私に返してください。身勝手なことは承知しています。相川清樹として埋葬してやりたいんです」

あまりにも真剣な百代に、殺気さえ感じた。

「はい……相川さんの気持ちはよくわかりました。私共が至らぬからですので……。でも、葬儀だけは木村でさせてください。清樹は私たちの子どもでした。清樹の世話は十分にできませんでしたが、この子が木村に来てくれて我が家に潤いが出ました。ありがとうございました」

木村夫婦も清樹をいつまでもいつまでも見守っていた。

相川の義父母も母のはるも、百代の決断におどろきはしたが、百代の心中をわかっていたため納得した。そして清樹は相川家の墓に埋葬され、家の仏壇には清樹の位牌が芳久と並んで置かれた。

約束が果たされた

亡き夫芳久は、男三人、女一人兄姉の末っ子だった。

長兄が相川家の跡を継ぎ、役所の職員としてそれなりの地位にいる。

芳久の次兄は軍人となった。そして第二次世界大戦で帰らぬ人となった。軍属で早い頃から南方に派遣され、日本へ帰国の際に飛行機が撃墜され、太平洋上で戦死したと公報で知らされた。

また芳久の姉は、家の近くにある紺屋に嫁いでいる。

紺屋とは機織りのための糸を染色する工場である。家の中には糸束が所狭しと積んであり、家中染料と糊のにおいが広がり、広い染色場は常に紺色の湯気の立った水が流れている。染色の職人も二人いて、かなり手広く仕事をしていた。しかしこの仕事も軍需産業に取って代わる時だったようで、廃業に追い込まれつつあった。

芳久が亡き後、なにくれとなく百代一家の面倒をみてくれたのは、義父の吉郎と長兄の要一と姉の夫である紺屋の洋次であった。

義父の吉郎は百代に、「私はこれから十年、百代たちの家族を守っていくよ」と約束してくれた。そしてその通り、老いて体が動かなくなっても、「百代たちはどうした」と周りの者に訊いて、無事でいることを喜んでいた。芳久の亡くなった日から、十年たった十月二日に世を去った。

吉郎は背の高い人で、芳樹たちの顔を見るために百代の家をよく訪れた。吉郎の家からかなり広い寺の庭を抜け、芳久がスケートで傷を負った濠を回って、雑貨商を営む百代の家まで来るのだ。雨の日には大きな番傘を差し、小雪のちらつく日には襟巻きに首をすくめ、すたすたと歩く姿が街の人々の目に留まり、話題になった。百代の店が忙しくなると、目を細めて芳樹や正樹の相手をしてくれた。歩くこと、街の人たちと話し合うこと、子どもの相手をすることが、吉郎の健康にプラスしたのか、亡くなる年の八月まで元気に子どもたちと遊んでくれた。

十月一日、百代が芳久の墓参りを済ませ家に帰ってくると、兄嫁から、吉郎が危ないという伝言が入っていた。百代がすぐさま吉郎の元へ駆けつけた。長兄夫婦と百代は吉郎の枕元で静かに見守った。呼吸もだんだん静かになってきた。

「お義父(とう)さん！」

百代は吉郎の手を握りしめた。大きな手だった。この手で百代の家族を守ってくれたのだ。吉郎が何か言ったようだ。

「もう大丈夫だろう。おれも疲れたよ」

百代にはそう聞こえた。

「ありがとう、お義父さん」

その声に吉郎は静かに目を閉じた。時計を見ると夜中の一時を過ぎていた。


十三歳になった芳樹は、弟の正樹と店番を引き受けた。夜になっても母は帰ってこなかった。二人で夕食を済ませ、いつもの時間に床についた。

芳樹は夜中に雨戸を打つ音に目覚めた。時計は夜中の一時を指している。表戸を叩く音に芳樹は、

「どなたですか？　だれ！」

と問うた。しばらくして、今度は裏口で戸を叩く音がする。芳樹はまた「だれですか」と問うた。すると音は止んだ。しかし、少しするとまた表戸を叩く音がする。こんなことが二度ほど続いた。

芳樹の大きな声で隣に寝ていた正樹も目を覚ました。

「兄ちゃん、なに大きな声を出しているの」

「正樹、雨戸を叩く音が聞こえなかったかい？」

「ううん、何も……」

「二回も三回も雨戸を叩いていたよ。むこんち（相川の家）へ行った母さんも帰ってこないし、おじいちゃんに何かあったのかな」

明け方、青い顔をして百代は帰ってきた。心ここにあらずといった様子だ。

「母さん、夜中にだれか訪ねて来たよ」

「正樹には全然聞こえなかったよ」

「おじいちゃんがどうかしたの？　ぼく、心配だなあ」

「……おじいちゃんが今朝早く亡くなったの。芳樹の聞いた雨戸を叩く音は、きっとおじいちゃんが芳樹や正樹にお別れに来たんだよ。おじいちゃんは芳樹や正樹のことをいつもいつも思っていたからね」

「おじいちゃん、死んじゃったの……もう魚釣りには連れて行ってもらえないね」

「正樹、今度はぼくが連れて行くよ」

「さあ、朝になったら、おじいちゃんに会いに行こうね。それまで少し休みましょう」

芳樹は、祖父吉郎が芳樹たちに会いに来てくれたことを、空耳でなく本当に知らせに来てくれたのだと信じている。これほどまで愛してくれた祖父に、どうしたら報いることができるだろう。そんなことを芳樹は考えていた。

戦争の中で

芳樹が六歳の時、太平洋戦争が勃発した。昭和十六年十二月八日、日本の真珠湾攻撃によって戦いの火蓋が切られた。

芳樹は翌年四月に国民学校へ入学した。次第次第に軍国思想が強まり、戦争へ戦争へと駆りたてられた。芳樹たち子どもも、こんな状況の中で洗脳されていったのだろう。正樹などは「大きくなったら軍属だったおじさんのように軍人になるのだ」とサーベルを模した棒で遊んでいた。日本全体がそんな風潮だった。

長兄の要一の所に養子にきた美子は、街の小学校の代用教員として任用された。赴任当初は街の周辺地域に配属され、雨の日も風の日も休まず通勤した。

初めは優勢であったこの戦争も、徐々に窮地に追い込まれていった。日増しに空襲が激しくなってきた。昼間の空襲には、子どもたちを守らねばという使命感で頑張っている美子だったが、帰る頃の空襲には、不安で居たたまれない思いだった。そして、日に日に学校に泊り込むというような事態にもなった。

美子の赴任した国民学校は小規模校で、日直勤務が月に一回ぐらいの割合で回ってきた。美子には全校の児童と知り合えるよい機会であった。芳樹と同じぐらいの子どもから、美子とほとんど年齢差のない高等科の生徒まで……。

そんな日直勤務に美子は芳樹を連れて行くことがあった。芳樹もそれを楽しみにしていた。芳樹は美子の学校の子どもたちと校庭で遊んだり、川に連れて行ってもらったりした。また、美子の簡単な仕事も手伝った。

何度目かの日直の日、美子と芳樹は空襲にあった。突然に警報が鳴り、二人は防空壕に飛び込んだ。真っ青な空にアメリカのB29が編隊を組んで飛んでくる。防空壕から恐る恐るB29の編隊を見上げた芳樹は、それを美しいと思った。その瞬間、閃光が走った。B29から焼夷弾が投下されたのだ。焼夷弾は学校の裏山に落ちた。芳樹はその閃光を見た途端気を失った。気がついた時には保健室に寝かされていた。

芳樹にはこれと同じような体験がもう一回ある。この翌年の春、静かな芳樹の街の中に焼夷弾が落とされた時のことだ。

その日は昼間、警報が鳴らなかったので安心していた。晩になっても警報は鳴らず、月は明るく、緊張もほぐれていた。そんな時に警報が鳴り出した。慌てふためいて避難を始めた。隣町には飛行機の製作所があり、空襲に見舞われることがたびたびあったので、今夜もその程度かと思っていた人もいた。

だんだんに飛行機の爆音が近づいてくる。家の近くにある防空壕は、崩れるおそれがあるので、山のほうへ避難するように指示が出た。ところが避難した山のほうへ焼夷弾が投下されたのだ。逃げ惑う人々の姿や田畑が、昼間のように映し出された。

母の百代は、芳久の遺品を庭の隅に穴を掘り埋めていた。芳樹や正樹を隣人に頼み、家を守る覚悟だった。北の空が真っ赤に染まり、爆撃のすごさに芳樹や正樹の安否が気になり、ただおろおろするばかりだ。

この時の空襲で、飛行機製作所のあった隣町は、全滅というくらいの打撃を受けた。東京をはじめとした各都市でＢ29の空爆があり、また広島・長崎で世界初の原子爆弾が投下され、戦争に対する人々の恐怖は高まるばかりだった。

そして八月十五日、玉音放送によって戦争は終わった。

第四章　生き抜くために

たらちねの母の命の言(こと)にあらば
年の緒長く頼み過ぎむや
（万葉集）

はるからの手紙

戦後の日本はさまざまな問題を抱えていた。その中でも大きく伸しかかってきたのは、食糧難だった。

そのため義兄の要一の家は、広い庭にたくさんの庭木や盆栽があったが、切り倒されて家庭菜園となった。そして芳樹や正樹を夕食に呼んでくれ、百代はずいぶんと助けられた。要一はいろいろな伝手を使って食料を分けてもらっていたようで、百代の所にも持って来てくれた。百代自身も娘の頃の着物や、母から分けてもらった物などを、食糧と交換した。

雑貨の商いだけでは十分な収入を得ることができず、子ども相手の商いにも手を広げた。店開きをするのを待っていたように、子どもたちが集まってきた。子どもたちは口にするものに飢えていて、芋飴が飛ぶように売れたと、後年、百代は回顧している。

「おばちゃん、飴ちょうだい」

「はい、ありがとう。照ちゃん、風邪治った？」

「うん、熱もなくなったから、外へ出てもいいって、母ちゃんが……」

「そう、よかったね。うちのまあちゃんも風邪気味なのよ」

　小さな手にぎっちりと握られたお金で、子どもたちは買い物をしていく。どんな小さなお客にも心をこめて接する百代に、子どもたちも親も安心したのか、少しずつ売り上げも増えていった。

　学校から帰ると芳樹は店の手伝いをした。季節によって店の模様替えもした。夏にはかき氷を、冬にはおでんやもんじゃ焼きというように。

＊

　百代を、いつもいつも心にかけていた母のはるが、兄の孝一の所に行くことになった。細々と続けた履物屋も知り合いに譲った。百代たちがどうにか暮らしていけることを見届けたからだろう。

「百代、私は孝一の所へ行くよ。孝一が一緒に暮らそうと言ってくれるから……」

「母さん、東京には知り合いがないでしょう寂しくなるよ……。ここにいれば、芳樹や正樹もいるし、近所の友だちだって……」

「それもそうなんだけど、孝一がいるし……。このままではお前に迷惑がかかるようになるからね。和子も独り立ちしたしね」

はるは百代、芳樹、正樹、和子に見送られて、兄孝一の元で新しい生活に入った。

「おばあちゃん、孝一おじさんの家に遊びに行くからね」

「おばあちゃん、遊びに行くね」

「うん、待っているよ。東京に来たら上野の動物園に行こうね」

「お母さん、近いうちに一度行きます。体に気をつけて。無理をしないでね」

「ありがとう、百代もね。あまり頑張り過ぎないようにね」

母は百代のことを思い、後ろ髪を引かれる思いで東京へ行った。

まもなく、母から手紙が届いた。


百代、元気にしていますか?

私もこちらの生活に慣れてきました。孝一夫婦もとてもよくしてくれます。孝一の二人の子どもたちも「おばあちゃん、おばあちゃん」と言ってくれます。

でも身体が弱ってきました。元気なうちに芳樹や正樹に会いたいです。どうしても、どうしても百代に会いたいです。

百代が幸せになるところを見たかったのですが、私はおしまいです。百代、ごめんなさい。謝っても謝っても、私たちの過ちは許されないことだけどね。百代という名前は、百の幸せが代わる代わる訪れるようにという、私たち夫婦の願いだったのに……。

それから田村の清さんとも仲よくしてね。

百代できるだけ早く、顔を見せてください。

母はるより

　手紙を読んだ百代の心は、嵐の海に浮かぶ小船のように揺れていた。すぐさま芳樹と正樹を連れて母の元へ急いだ。母は少しやつれて床についていた。孝一は「ちょっと風邪気味なので床についているだけだ。心配することはない」と百代を元気づけた。

　母は正樹に、動物園に行けないことを何度も何度も「ごめんね、ごめんね」と謝った。母は百代の顔を見て、ほっとしたのか、少し晴れやかな顔になった。

　母は、百代たちが帰って三日後、肺炎で世を去った。一番に百代を心配してくれた母が世を去ったことで、自暴自棄になりそうな百代を思い留まらせたのは芳樹や正樹だった。

「お母ちゃん、おばあちゃんが言っていたね。お母ちゃんには百の幸せが代わる代わる来るんだって。だからこれからもっともっと、幸せが来るんだよね」

「そうだね、おばあちゃんが言っていたね。ここで負けたら幸せなんか来ないね。もう一度頑張るよ」

芳樹と正樹に励まされ、いつもの百代の負けん気が湧いてきた。

*

細腕で頑張っている百代に、生活の厳しさがひしひしと迫ってきた。慢性の神経性胃炎に悩みながら、二人の子どもと肩を寄せ合い、希望を探して生きた。

青山の家で道子や透と聞いた、高林寺の和尚の話が思い出されてくる。自分はひもじくてもいいが、子どもには食べさせたいという親心をどうしようもない。他人の畑に入って芋を持ってきたい誘惑に何度も襲われた。

亡き夫の芳久の声がその都度引き止めた。また、悲しそうな母の顔があらわれ、じっと百代を見つめていた。

食べるものも底をつき、今日の食事もどうにもならなくなった時、青果商の木村から、ある話を持ち込まれた。知り合いの農家から、木村の家まで米を運んでくれるようにということだ。

もちろん、運んでくる米は合法的なものではなく闇米だ。この頃、農家では生産した米は全部国に供出しなくてはならなかった。自由に流通できる農産物ではないのだ。

木村はこの米を運んで来てほしいと言うのだ。それも昼間では人の目につき、官憲に怪しまれる。見つかれば米を全部没収されてしまうから、闇に紛れて運んで来てほしいという計画なのだ。

百代は思った。

（今の世の中、ここまでやらなくては生きていけないのだろうか）

男勝りの百代だから、できると踏んだのかも知れない。

「あと、どなたが行くのですか？」

「いや。誰も行かないよ、私ら夫婦とあんただけだ。合法的なことではないから、仲間は少ないほうがいいのさ」

「でも、どうして私なんですか？」

「おれ一人でできれば一人のほうがいいさ。でも、清樹のこともあるしさ。あんたも食べることに困っているんだろう。子どもを抱えてさ」

誰もが食糧難に喘いでいる毎日だ。少しぐらい無茶をしてでも食べる物を手に入れたいと、皆、血眼で求めていた。箪笥の奥に仕舞っておいた着物や、思い出の品を持って農家に行き、やっと大根や芋が手に入るのである。思いがけず米が手に入っても、途中、官憲により没収されたという話もあった。

日常茶飯に、食糧をなんとかしなくては、と頭を悩ましている時に、木村からこの話がきたのである。百代は木村の話にのろうかと心が動いた。

（子どもたちを寝かしつけ、明け方までには仕事を終えて帰ってこられる……）

こんな計算をしていた。

「やってくれるかな。ありがとう、手間賃は弾むよ。明後日の土曜日に行こう。土曜日の夜十時頃、私の家に来てくれ、用意をしておくから。あんたには来づらい家だけど、勘弁してな」

百代は決心はしたものの心配であった。

（もし官憲に咎められたら、まして夜更けでは言い訳もできない。何かあったら亡き夫の芳久に、そして亡き母のはるにどう言ったらいいのだろう）

百代は引き受けたもののジレンマに陥った。

合法的な話ではないので、木村から他言無用と念を押されている。でも、思いあまって、姪の美子にそっと打ち明けた。事が起きた時に、芳樹や正樹の面倒をみてくれるのは美子だろうと百代は思っていたからだ。

「美子さん、ちょっと相談があるんだけど。土曜日の夜、芳樹と正樹の傍にいてくれる？」

「それだったら家に来ていればいいんじゃないの。父も母もいるし」

「それが義兄さんには言えないことなの。土曜日の晩、ちょっと留守にするから……」

「へええ、百代さんにもまた春が来たの。どんな人……」

「そんなんじゃないの。芳樹や正樹にお腹いっぱい食べさせてやりたくて……」

「どういうことなの?」

「うん、木村さん……美子さん知っているでしょう、清樹の養子先のバナナ屋。その木村さんがね、闇米を運んでくれないかと言ってきたの。その代償としてお米を分けてくれるというの。今は闇米の取り締まりで昼間は動けないから、夜中にこっそり運び出すという計画なの」

「百代さん、それって心配だな。うまく運べればお米を分けてもらえるだろうけど、もし官憲に見つかったらどうするのよ。それに、夜中に男と女でしょう」

「その件は私も心配だったので確かめた。夫婦で行くって……。ただ闇米の運びに失敗したらと思うと……。芳樹や正樹のことが気がかりで……」

「百代さんもう一度よく考えて。お腹いっぱい食べられなくてもいいじゃない。子どもの前で胸を張れる母親でいてください」

百代は、この「子どもの前で胸を張れる母親」と美子に言われ、母親としてやるべきことなのだろうかと気づいた。木村との約束はどうするか、約束を反故にすることを木村が簡単に了承してくれるかが気になった。

土曜日は朝から厚い雲に覆われ、台風が近づいていた。風雨が強くなり、明日の朝にかけて大荒れになるだろうと、ラジオの天気予報は言っていた。昼になって木村から連絡があった。台風で危険だから、今夜の運び出しは中止にしようということだった。百代はほっと胸をなでおろした。

内職の袋貼り

百代は母親としての誇りを守れたことを、亡き母と芳久に感謝の思いで報告した。美子の助言にも勇気をもらった。母の言っていた百の幸せのうちの一つが百代に訪れたのだ。こんな身を切られるような危険なことは二度と考えないと、亡き芳久に誓った。仏壇の中で芳久の写真が笑っているように見えた。

その後、木村から運びの仕事の誘いが何度かあったが、苦しくてもいい、子どもたちに正々堂々と向かい合える自分でいたいと断った。

百代は子ども相手の商いを続けながら、内職にも精を出した。袋貼りや荷札の針金通し、帳簿の製本と、持ち込まれる仕事をすべて引き受けた。家の中はそれらの品々で溢れ、芳樹や正樹のいる場所はなくなった。芳樹などは店番をしながら、店の隅で勉強をする始末だ。

芳樹が中学生から高校生の頃が、相川家にとっては一番苦しい時代だった。芳樹は何度も高校進学を諦めて、職に就こうかと考えた。美子からは、

「高校までは百代叔母さんの願いもあるから、進学しなさいよ、高校に通いながら新聞配達とかの仕事をしたら？　私も少し考えてみるから……」

と助言された。芳樹には内緒で、芳樹が高校進学で悩んでいることを、美子は百代に打ち明けた。この時、百代は黙ったまま、内職の袋貼りに集中しているように見えたと、後日、美子は芳樹に言った。

百代はその時、何も言わなかった。いつものように内職の袋貼りをし、親子三

人貧しい食卓を囲んだ。芳樹は迷っていた。

「芳樹、私に何か言いたいことがあるのではないの」

「今日はどのくらい袋が貼れたのかな？」

芳樹は母の心がわかっているつもりだ。きっと「自分のやりたい道を進みなさい。少しぐらい苦しくたって」。こんな答えが返ってくるはずだ。母が黙っていることが芳樹への答えなのだ。

「そうだね。食事が済んだら、正樹と一緒に百枚ずつの束にして」

百代も芳樹の言わんとすることがわかっている。だから、それ以上、話題にしなかった。

「これで、いくらになるのかな？」

「芳樹も正樹も、よく店番をして手伝ってくれるので、袋のできあがり数が他の人より多いと喜んでくれているよ。正樹の給食費、用意しておくからね」

貼り終えた袋の整理がつき、三人の床を延べ、芳樹と正樹は「おやすみ」と言った。百代はそれから銭湯に行って、一日の疲れを癒してくるのだ。近所の人たちとのお喋りも楽しみの一つになっていた。小一時間で銭湯から帰ってきた百代は、芳樹と正樹の寝顔をしばらくじっと見ていた。そして仏壇に灯りを点し、芳久の遺影にじっと目を注いだ。

「お父さん、私はもう疲れました。三人でお父さんの所へ行こうかと、何度考えたことか。でも、この子たちの顔を見ているとできませんでした……。清樹も聞いている？　『たあたん』はどうしたらいいだろうね……。お父さん、芳樹のことを美子さんから聞きました。芳樹も、もう十五歳ですから、自分の考えをきちんと持っているでしょうから……。高校までは私の力でなんとか……。その先は自分でなんとかするでしょうから。正樹のこともありますからね」

百代は手を合わせ、灯りを消して床に就いた。

＊

芳樹は高校を卒業して就職した。この年に高校生となった正樹に、少しはゆったりとした高校生活を送らせたいと芳樹は思っていた。

しかし芳樹は、就職はしたものの、美子と訪れた小学校の子どもたちが忘れられなかった。そのため密かに教育系の大学に行こうと決意した。二年間ではたいして学費は貯まらなかったが、芳樹の志を聞いた母は、すぐに許してくれた。芳樹は高校卒業後三年目の春に、地方大学の教育学部に入学した。母はもちろんのこと、美子も大変喜んでくれた。その頃、正樹も高校を終え、大学には行かず就職して東京へ出て行った。

母の百代は、今までと変わらず、子ども相手の商いと内職で、芳樹と二人穏やかな毎日を送っていた。芳樹は授業料の足しにと始めたアルバイトに精を出し過ぎ、本業の大学への出席を忘れることがあった。それを母からよく注意された。

東京へ出ていった正樹も元気に仕事に励み、月一くらいで母の元へ帰ってきた。

「芳樹、この頃、正樹は帰ってこないね」

月一回が二カ月に一回になり、三カ月に一回となって母は寂しがった。

「母さん、正樹だって自分の時間がほしくなったんだよ」

「自分の時間って……何？　私に内緒で……」

「いいじゃないか、母さんも大事だけど、同じように大事にする人ができたって」

「芳樹は、そんな話聞いているの？」

こんな話題が、親子の間にのぼってきたのは、正樹が東京へ出て七年経った頃だ。

芳樹は無事大学を卒業して、運よくこの街の小学校に赴任できた。芳樹を応援してくれた美子も、周辺の小規模校から街の中心校に転任してきた。

芳樹が勤務を終え家に帰ると、母がいつになくはしゃいでいる。

「昼間、正樹から電話があってね。今度の日曜日、お客さんを連れて来るって」

「ふうん、お客さんって誰だろうね」

「きっと一緒に東京へ行った友達ではないのかしら。何かご馳走を作らなくては」

「そうかな……違うと思うよ。母さん、びっくりしないでよ」

こんな会話を交わしたあと、毎日の生活に張りが出たのか、百代は生き生きしていた。

日曜日、少し早起きした百代は、仏壇をきれいにし、灯明をあげ、芳久に話しかけた。

「お父さん、正樹が久しぶりに帰ってきますよ。お客さんを連れて来るそうです。私はなんだかそわそわしてしかたがないの。清樹、たあたんはどうかしているのかね」

いつものように芳久も清樹もにっこり笑っていた。

昼近くに正樹は二人のお客を連れて帰ってきた。婚約者とその父親だ。

百代の家は相変わらず小さなお客さんで賑わっている。日曜日なので芳樹が店に出て、子どもたちの相手をした。

正樹は気恥ずかしそうに入って来た。座敷に通し、あいさつが済んで食事になった。店のほうは隣人に頼み、芳樹もその席に着いた。

「改めてごあいさつを申し上げます。実は今日伺いましたのは、相川君と私の娘の葉子との間で結婚の話が出ました。私もよい縁だと思い賛成しました。そこでお母さんに了解を得たいと、娘共々伺ったわけです」

百代もなんとなく、このような話ではないかと感じていたようで、喜びを相手に伝えた。吉日を選んで、すべての行事を行うことが決められた。

「芳樹、正樹に先を越されてしまったね。私もお父さんの『旅に出かけよう』という言葉から出発したけれど、私たちは短い旅で終わってしまった。正樹たち二人はどんな旅をするのだろうね」

その晩も百代は芳久の写真に、長いこと話しかけていた。

正樹と葉子の結婚式は、小春日の菊の香りがほのかに匂い立つ日だった。百代は、これでまた百の幸せの一つが訪れたことを知った。

ギリシャ旅行

翌年の夏、百代は生まれて初めて、芳樹に海外旅行へと連れて行ってもらった。

芳樹の夏休みに八日間の旅へ出発した。家族旅行も初めて、海外も初めて、初めて尽くしで百代も芳樹も楽しかった。百代は体力的なこともそろそろ考えなくてはならない年齢になっていた。

雨に煙るエーゲ海が目の前に広がっている。幽かに遠くクレタ島が見える。ここは風光に恵まれた港町、ナフプリオンの海岸だ。クレタ島からは芳樹がレコードでよく聴いていた『クレタ島のシルドー』の東洋的なメロディーが聴こえてきそうだ。

羽田から乗り継いでアテネまでの長旅で、百代は頭がふらつき、旅を楽しむどころではなかったようだ。エーゲ海を望む頃になって、やっと異国の景色に心惹かれるものを感じてきた。

「母さん、今日はスパルタからオリンピアへ行くんだよ。途中、山越えでガタガタするよ」

「もう大丈夫だよ。オリンピア遺跡って、オリンピックが初めて行われた所なの？」

百代は、現地ガイドの説明を聞きながら、バスの旅を楽しんでいた。オリンピアに入ると雨が降り出し、車窓は灰色のカーテンがかかってしまった。

「母さん、海、初めて見たんだろう」

「そんなことはないよ。青山鉄鋼場にいた時、道子さんや透さんのお供をして、三日間も行ってきたよ。それより芳樹、お前はお父さんと海へ行って波が怖くて水に入らないで、一緒に行った人に迷惑をかけたと、お父さんが言っていたよ」

「嘘！　ぼくの記憶では、今日の天気のように暗い海だったよ。だから怖かったんだ」

「ふうん、お父さんは二度と芳樹は海に連れて行かないと言っていた。本当に芳樹も正樹もそして清樹も、お父さんに海へ連れて行ってもらえなくなった……」

百代は今の幸せを離すまいとするように、自身の身体を抱きしめた。

芳樹はパルテノン神殿、スニオン岬のポセイドン神殿、エーゲ海に沈む夕日などをバックにして、母の写真を何枚か撮った。その後、アテネの儀杖兵、エーゲ海とイオニア海を繋ぐコリントス運河、アテナ神殿、オリンピア競技場、エピダウロス遺跡など、遺跡都市を巡って帰ってきた。百代はその後、この写真を宝物を愛でるようによく眺めていた。

＊

芳樹はギリシャの旅行から帰って、母の言っていた「海が怖い」と言ったということにこだわった。芳樹には海が怖いと言った記憶がないのだ。父の病気見舞いに行って、枕を投げられたということもあとで聞いた話であり、三歳までの記憶がないのだ。

（でも、暗い海が記憶にあるということは、父と行った海の記憶ではなく、三人の子どもを抱えて大変だった頃、母が夜、河原に行った時のことが、大きくクローズアップされてのことではないか。暗い海、波が怖いというのは、きっと忘れようと心の奥に仕舞い込んだことが、ふと出てきたのかも知れない）

芳樹は母の悲しみを思い出させることはない、自分の胸に仕舞い込んでおこう、そして、母の百の幸せを一つ一つ叶えられるよう、後押しをしていこう、と思った。

織姫山の桜が満開になり、百代は家に来ていた正樹の嫁の葉子を誘って、久しぶりに織姫山に登った。

「葉子さん、そろそろ孫の顔が見たいね」

「そうですね。今度、正樹さんが大阪へ転勤になります。もし子どもができたら、お母さんにしばらく大阪に来ていただきたいと思っております」

「そう、そうなったらすぐにでも行くよ。お店はしばらく休みだね。で、葉子さん、予定はいつ頃……」

「清おばさんも誘って、その時には遊びに来てください」

それから一年後、百代はいそいそと正樹のいる大阪へ出かけて行った。孫の由葉が誕生したのだ。葉子の母が行ったあと、孫の顔を見るのを楽しみに、芳樹にあとを頼み出かけて行った。二カ月も大阪に百代はいた。

家に帰ってきても、由葉を抱いた写真を、来る人来る人に見せては、可愛いだろう可愛いだろうと自慢していた。そして、芳樹も早く伴侶を見つけるようにと言った。

百代が大阪にいた間、正樹は今までできなかった親孝行をと考えたのか、母が疲れないようにと気を遣いながら、あちらこちらに連れて行った。

百代が田村の家に行くきっかけとなった伊勢神宮にも参拝した。滔滔と流れる五十鈴川そして緑の巨木、こんな静かな聖域で宮司に言われたら、田村の義父も信じるだろうと、後日、正樹は芳樹にしみじみと語った。また、日本三景の一つの天橋立にも行って、「股覗きをしてきたよ」と、百代は芳樹に楽しそうに語った。

母の書いたコラム

「誰かいい人はいないの?」

「自分の周りにいる人は、どうも帯に短し襷に長しで、誰かさんと比べてしまうんだよな……」

美子と正樹の話をした時、芳樹はこんなことを言った。美子も恋人らしい人もなく、見合いで結婚した。美子の夫は自分をあまり表面に出さず、今いる状況に順応していける人で、美子たち夫婦は円満に毎日を送っている。

そして、しばらくして芳樹は美子の紹介で三千代と知り合い、交際の末、結婚した。

＊

百代の生活にも変化があった。百代は子ども相手の商いの中から得た、体験、情報、問題などを地方新聞に投書した。それがコラムとして取り上げられ、月二回の予定で連載するという仕事が舞い込んできた。特別高等教育を受けたわけではないが、今までの苦労してきた経験が大きな土台になっているようだ。時には美子や芳樹はアドバイスを求められた。

百代は今日も、文机に原稿用紙を広げて、ぼんやりと庭を眺めている。

「お義母さん、お茶にしてください」

三千代は文机の前に座り、湯のみ茶碗を置いた。百代はそれをゆっくりと取り上げ、一服してため息をついた。

「先ほど新聞社から電話がありました。午後に伺いますと言っていました」

「そう、ありがとう。この頃、どうも考えがまとまらないのよ。私などがこのような仕事をするべきではないのかも知れない。皆さんに迷惑をかけることになると……」

「お義母さんが今まで積んできた、いろいろな経験を分けてくだされればいいのですから……。少しお疲れではないですか?」三千代は台所へ行った。

百代が飲み終えた湯飲み茶碗を持って、三千代は台所へ行った。

「おばちゃん、ちょうだい」

店のほうから子どもの声がしてきた。三千代は手を拭きながら店に出て行った。

「おばちゃん、いないの? おばちゃんのほうがいいのに……」

奥で聞いていた百代はペンを置いて、店へ出て行った。

「はあい、何が欲しいの」

「あっ、おばちゃん。あのね、えびせんとぬり絵!」

数あるぬり絵の中から、あれやこれやと選んで、女の子は百代から袋に入ったえびせんを受け取った。

「はい、ありがとう。これ、おまけね」

三千代はこれを見ていて、百代の存在感を知らされた。

子どもの相手が済んで、百代はまた文机の前に座り、ペンを取り上げた。だがまだ文章にする構想ができあがらない。新聞社が原稿を取りに来る時刻は迫ってくる。

翌朝、三千代が朝食の用意をしているところへ芳樹が起きてきた。食卓の上の新聞を広げ目を通し、

「公定歩合引き下げか……これで景気回復になるかな。さあて、おふくろの欄はどうかな」

小さなコラム欄を見つけると芳樹は突然笑い出した。

「三千代、読んでみろよ。おもしろいことを書いているぞ」

三千代が芳樹から渡された新聞を見ると、小さな囲み記事に見出しが躍っている。

『意地悪をする姑―嫁の仕事を奪う―』

三千代が言いかけた時、「おはよう」と百代が部屋に入って来た。

「母さん、新聞！」

「今日のコラムは、どう？」

「母さん、大笑いだね、よくこんなことを書いて、読者が読んでくれるよ」

「三千代さん、昨晩はよく眠れなかったので、もう少し休ませてくださいね」

百代は芳樹の言ったことが気に障ったのか、新聞を持って部屋から出て行った。

「あなた、お義母さんにあんなことを言って、私、困るわ」

「なあに大丈夫さ、すぐに元の『たあたん』に戻るよ」

「『たあたん』って何ですか?」

「母さんのことだよ。『たあたん』でここまで走って来たんだ。これからも『たあたん』で走って行くと思うよ」

芳樹は朝食を済ませると「『たあたん』と、オレの悪口でも言っていればいいよ」と言って出勤していった。三千代は芳樹を送り出してから、店の掃除を始めた。そこへ百代がやって来て、

「三千代さん、お腹が空いたわ。何か用意してください」

台所へ立った三千代のあとを引き継ぐかたちで、百代は掃除を始めた。そして今日問屋が来たら追加をしておかなくてはならない品をチェックした。やはり百

代が店に出ていないと、品揃えもうまくいかない。三千代にまかせないで、百代の仕事として子どもたちに接していこうと百代は決意した。

「面子ください。野球の選手、川上選手のがありますか？」

「ぼくは青田選手」

小学校の低学年は下校になったのか、小遣いを持った子どもたちが百代の店におしかけてきた。

「ねえ、今日はお姉ちゃんいないの？」

「えっ、三千代さん。今、裏でお仕事をしているよ。何か用事？」

三千代も相川家の一員として認められたのだ。三千代が聞いたら喜ぶだろうか。

その時、三千代は裏庭の草花に水やりをしていた。

「三千代、近頃どう？」

友人の富美子が訪ねてきた。高校の同級生だが、三千代より早く結婚して子どもが一人いる。

「ああ、こんにちは。どうって、何よ」

「赤ちゃんよっ」

「欲しいね、赤ちゃん」

「ところで、お母さんのコラム読んだわ。あれ、三千代のことよね。お店をしながら新聞に記事を書くって大変でしょうね」

「昨晩も遅くまで書き物をしていたようだわ。今、お店で子どもたちの相手をしているわ」

「コラムに載せるネタを、どこで見つけるのかしらね」

「それは、母に言わせると、ちょっと気をつけていれば、どこにでもネタはころがっているんですって」

「三千代、早く子どもを作りなさいよ」

　富美子は言いたいことを言って、子どもの手を引いて、買い物にでも行くのか表通りへ出て行った。見送って家に入った三千代は、不機嫌な様子の百代に当惑した。

　夕方六時に芳樹は帰ってきた。百代がいつもの笑顔で迎えてくれないことが気になった。三人で夕食を囲んだ時、芳樹は百代に言った。

「母さん、三千代の友だちが来たって、いいでしょう。たいした話をしたわけでもなく、おせっかいにも私たちに早く子どもを作ったら、と言ったくらいでしょう」

「いいえ、コラムを書くって大変ねって。私が作り事を書いているみたいに……」

　いつもと違う百代を芳樹は感じた。きっとこれ以上、コラムを書き続けることが大変になったのだろう。百代の心や身体を考えると、止めるいい機会かも知れない。いつも穏やかだった母に戻ってほしい、と芳樹は思った。

「ちょっと、義兄さんの所へ行って来ます」

　百代は後ろも見ずに店から出て行った。三千代はただおろおろと百代の後ろ姿を見送るばかりだった。

　店のガラス戸が閉まると同時に「キーッ」と自動車のブレーキの音がした。芳樹と三千代はあわてて外へ出た。


　百代は病院のベッドに寝ていた。頭に包帯を巻いているが、意識ははっきりしている。百代が店を出た時、通りを走ってきた自動車に軽く接触し、その反動で店の看板にぶつかり、擦過傷を負ったのだ。出血が多かったので、一晩入院することになった。

「母さん、たいしたことなくてよかったね。一晩入院してゆっくり体を休めなよ」

　芳樹の脇で三千代はただ黙って百代を見守るだけだった。

「三千代さん、ごめんなさい。私、少し疲れていたのね……新聞社の仕事は終わりにするね。明日から子どもたちのために頑張らなくては……」

　百代は言ったことで安心したのか目を閉じた。芳樹は三千代を促し、病室から出た。三千代は深々と頭を下げて、芳樹のあとに従った。
今までに百代が入院したことはなかった。いつも元気で走り回っている「たあたん」だったから――。

芳樹の転勤

芳樹と三千代は離婚をした。二人の関係は完全に冷めていた。百代もいろいろと二人のために修復を図ったが、ダメだった。幸いなのは、子どもがなかったことだ。

この時期、芳樹に仕事の転機が訪れた。このまま安泰に地方の教師で終わろうか、東京へ出て一旗あげようか、今の生活にマンネリを感じていた芳樹は、東京都教員試験を受けた。運よくというか、第一次の筆記も第二次の面接も通り、最終の試験だけが残った。最終試験は任用してくれる区の教育委員会と学校長の面接だ。

第一次試験の合格通知が届いた時、母に打ち明けた。

「一人になるね……芳樹のやりたいようにやったらいいよ」

「ありがとう。第二次が通ったら具体的に考えるよ。五年かな、長くても十年、思うようにいかなかったら諦めるよ」

「そうだね。自分の思う通りやってみてダメだったら、きっぱりと諦めればいいじゃないか。私はまだ大丈夫だから」

芳樹は美子に、第二次試験が通ったあと打ち明けた。その頃はどんな偶然が重なったのか、芳樹と美子は同じ小学校に赴任していた。美子は芳樹のこれから進んで行こうとする方向を聞くと賛成してくれた。

芳樹と美子は子どもたちの表現する力を高めるために、学校演劇に力を入れていた（今は児童文化の一分野のようだが）。県の芸術祭学校演劇の部で毎年、よい結果を得て、街の中でも関心を持たれていた。特に浅野歳郎作の『きんぎょ』

は最優秀賞に選ばれている。芳樹はこの表現力――朗読する文章を表現する力、言葉を体で表現する力――、これらの力を自国の言葉を学習する国語科の中で生かしていきたいと思ったのだ。

だが東京では、理想と現実に大きな差異があることに気づいた。今まで芳樹が行ってきたことが、東京の子どもたちには通じないのだ。芳樹は自信を失ないつつあった。でも、考えてみればしかたのないことなのだ。芳樹の教育方法も、少しずつ変わってきていたのを忘れていたからだ。

この時に、思い悩んだ芳樹は美子に相談した。すると美子は、

「東京都には教育研究員という制度があって若い人たちの研修の場になっているようだから、その制度を利用するのも一つの手段ではないの」

と言った。芳樹は早速、教育委員会に申し出て、一年間、仲間と一緒に研修に励んだ。その後、教育委員会からの推選で教育開発に参加し、だんだん自信を取り戻していった。

芳樹が東京での生活を始めるにあたって、母と約束したことがある。それは、土曜日の午後は東京から母の元へ帰り、日曜日の午後に東京へ帰るという生活だった。これは芳樹が管理職の試験を受けるまで続けられた。この時まで芳樹は住所も移していなかった。

百代が東京へ出てくることになった事件が、芳樹の知らない間に起きていた。百代が風邪をひいて店を三日ばかり休んだ。二、三日経っても店が開かないことを心配した隣人が、近くに住んでいる甥に連絡を取ってくれた。心配になった甥が雨戸をこじ開けた。百代は熱も下がり、そろそろ店を開けようとしていたので、百代のほうがびっくりしてしまった。

そんなこんながあり、甥は百代一人の生活ではここまでが限界だと判断したようで、無理にでも百代を芳樹の元に、という話を親戚に相談したようだ。

美子などは百代の性格を知っていたので、一人暮らしが無理だったら自分から芳樹の所へ行くから、しばらくはこのままでと主張してくれたようだが、何かあってからでは困るという甥の意見に押し切られてしまった。

百代はこの時以来、この甥にはよい感情を持っていなかったようだ。

甥や美子が芳樹に連絡しようとするのを、百代は自分から話すのでと口止めした。だから百代が芳樹の所に来たのは唐突だった。

珍しく土曜日の夜、母のほうから電話があった。

「芳樹、明日東京へ行くよ。私のほうが早いか荷物のほうが早いか。トラックに積み込んだからね」

「荷物って何だよ！　明日は予定がないから家にいるけど……」

「詳しいことは東京へ行って話すけれど、お店も人に譲ったし、さっぱりしたよ。私が芳樹の所へ行くの」

「えっ!?　そんな話、聞いてなかったよ。いつ決めたんだよ」

母が芳樹の所へ来るまでに、こんな会話しかなかった。しかし来る時が来たのかと芳樹は腹を決めた。

翌日、芳樹の所へ来た母は、割とさっぱりとした顔をして元気だった。すでにここの住人であるかのように、てきぱきと芳樹に指示をし、持って来た家具類を配置していった。


母が一緒に暮らすようになったのを機会に、芳樹は今までそのままにしておいた戸籍を、母と共に東京へ移した。美子からは、

「芳久さんと清樹ちゃんのお墓はこっちにあるのよ。きっと寂しがっているよ」

母にとって一番気がかりだったことを言われた。しかし、母は、春秋のお彼岸、田舎の月遅れの盂蘭盆には芳久や清樹、父母の清悟とはる、芳久の父母、田村の養父母の墓参は欠さなかった。

「清樹はたあたんと一緒に、東京へ来たんだよ」

百代は努めて明るく答えた。

「芳樹、裏庭に咲いていた赤いバラはどうなったかね。誰か持って帰って植え替えてくれたろうか」

母が朝夕水をやり、丹精していた植木の行方を気にかけていた。四季咲きの赤

いバラがお気に入りで、満開の時には辺り一面に芳香をまき、近所の人たちまで和やかな気分にさせていた。芳樹の所には鉢植えが数鉢あるだけだ。花屋の前を通りかかると、店に入り込み話し込むこともあった。

第五章　母の願い

桜花咲きかも散ると見るまでに
誰かもここに見えて散り行く
（万葉集）

とげぬき地蔵で

百代も七十歳の古希を迎えた。正樹夫婦と由葉、美子、妹の和子、田村家の清らが芳樹の家に集まり、百代の古希のお祝いをした。百代が還暦を迎えた時は皆忙しく、お祝いをしていなかった。百代が言うには、「お祝いなどしてもらうと安心してしまい、今までの頑張りが消えて行きそうになる」とのことだった。久しぶりに美子や和子、清と会ったことが、走り続けてきた百代に安堵を与えたのか、少しずつ気力が落ちてきたようだ。

歌謡曲を歌うことのなかった芳樹も、さだまさしの『無縁坂』を彷沸とさせる母を尊敬し、長生きをしてほしいと願っている。

いつかしら僕よりも　母は小さくなった
知らぬ間に白い手は　とても小さくなった

母はすべてを暦に刻んで
流してきたんだろう
悲しさや苦しさはきっとあったはずなのに

百の幸せを求めて、百代は遮二無二進んできた。きっとここで力を抜いたら、逆戻りをしてしまうと思ったのか、亡き父や母の願いだった名の通り実現しようとしているのだ。

＊

百代が巣鴨のとげぬき地蔵へお参りしたいと言うので、芳樹は四の日の日曜日に出かけた。老人の原宿とかで、駅前の通りからたくさんの人たちでにぎわっている。商店街から地蔵尊の山門に入り、とげぬき地蔵の前は地蔵様を洗おうと、押し合いをしている。

百代は本尊の前で長いこと手を合わせ祈っていた。

「あのう、間違っていたらごめんなさい。あなた、百ちゃんじゃないの？」

　お参りの済んだ百代に、年恰好の似た着物姿の人が声をかけてきた。突然、名を呼ばれた百代は、びっくりして振り返った。しばらくその婦人を見ていた百代だったが、不意に満面に笑みが浮かんだ。

「ああ、ゆきちゃん。清ちゃんの友だちのゆきちゃんよね」

「そうよ、百ちゃん、百ちゃんよ。お久しぶりです。あれからずいぶんになるでしょう。百ちゃんが小学校を卒業して、すぐいなくなっちゃって、清ちゃんに訊いても家に帰っちゃったと言うだけで、はっきりしないし……。本当に久しぶり。お地蔵様の引き合わせかしらね。あら、自分ばかりおしゃべりして……。こちら、息子さん？」

「芳樹、私の息子。こちらはゆきさん、私の幼な友だち、清おばさんと同級生なの」

「こんにちは、芳樹です」

「あらそうなの、こんにちは」

「私、今ね、芳樹と一緒に東京にいるの」

「私もあれから、小学校が終わるとすぐに東京に働きに出て、ここで所帯を持ったの。巣鴨の近くに住んでいるのよ。家が近かったら遊びに来てよ」

「ええ、懐かしいね。この間、清さんも東京へ来たのよ」

「私ね、ここしばらく田舎へ帰っていないのよ。ずいぶん変わったでしょうね。戦争の頃に織物業はみんなダメになったでしょう。戦争に勝つためにと機織り機械まで供出させられて。戦後は戦後で、着物を着るような時代ではなくなったし、私たちの街はさんざんよ」

母とゆきさんの話はいつまでも尽きそうになかった。芳樹は、これで母の百の幸せの一つがまた訪れたのだと思った。


巣鴨のとげぬき地蔵から帰ってから、百代は何か気が抜けたようで、芳樹の問いかけにも、いつもの百代らしい答えが返ってこなかった。やはり昔の友だちに会ったことが、いつも前向きだった百代に、自身の過去を回想させているようだ。

朝の太陽は一日の活力を生むといって、早起きをして手を合わせていた百代が、暮れなずむ西の窓から沈んでいく夕日をじっと見つめて涙ぐんでいた。芳樹はここで茶々を入れて、百代の気分を変えようと思ったが、そっとしておくことにした。

先日買い替えたばかりの仏壇に灯明をあげ、父と清樹の遺影に手を合わせた百代は、

「お父さん、芳樹も正樹も立派になりました。私の役目は終わったようですね。清樹、いつもたあたんに勇気をありがとう。お父さん、私、この頃とても寂しくなってきたの。年かしらねぇ……」

この日を境にして百代の生活が変わってきた。いつも元気でしゃきしゃきと動いていた百代が、朝夕の家事も思うようにできていないようだ。スーパーへ行くのが好きで、隅から隅まで見て廻るくらいだったのが、だんだんに少なくなり、有り合わせで間に合わせるようになっていった。

「芳樹、夜中、車の音がうるさくて眠れないよ」

百代が今まであまり気にしていなかったことにこだわるようになってきた。芳樹も静かで交通の便のいい所へ転居したいと思っていたので、文京区から郊外の吉祥寺へ住居を移した。

母が迷子になる

弟の正樹が久しぶりに家族三人で百代の所を訪れた。正樹、葉子、そして孫の由葉の顔を見た百代は大変に喜んだ。百代と芳樹の二人家族ではなく、他にも家族がいて、人と人との関わりが密であることが、これからの百代には大切な元気の源だと芳樹は思った。

最近外へ出たがらない百代が、その日、正樹たちが帰る時には、駐車場まで送って行くと言った。

しかし足どりも軽やかにマンションから出て行った百代はなかなか帰ってこなかった。一時間経っても二時間過ぎても、帰ってこなかった。芳樹は正樹が久しぶりに、ドライブにでも連れて行ったのだろうぐらいに思っていた。

西の空が茜色に染まり、夕やみが迫ってきた。

（ドライブに連れて行くのだったら、連絡ぐらいしてくれても……）

正樹の迂闊さに腹を立てながら、芳樹は正樹の所へ電話を入れた。まだ帰ってはいないだろうと思ったが、正樹本人が電話に出た。

「もしもし、芳樹だけど、あっ、正樹、母さんはいるかい？」

「ええっ、駐車場からマンションの前まで送って、そのまま俺たちは帰ってきたけど……」

何を言っているのだと言いたげな口ぶりだ。こんなところに一緒に生活している者との、心情の違いが出てくるのだろう。しかし、そんな正樹に腹を立てているだけではいられない。

日が沈み辺りが暗くなってきた。芳樹はすぐ一一〇番に電話をした。そしてマンションの周りの細かい路地を歩いてみた。物陰にでもいるのではないかと覗いてもみた。

一一〇番に電話をしてから、二時間が過ぎようとする頃、交番から連絡が入った。

「相川さんのお宅ですか？　こちら交番ですが、通報いただいた方を保護しております。お母さんは相川百代さんという方ですか？」

「はい、相川百代は私の母です」

「間違いありませんね。近くの人からの通報で、相川百代さんを交番で保護しております。すぐに来てください」

芳樹はすぐ交番に駆けつけた。

あいさつもそこそこに交番の奥の部屋に回ると、百代はけろっとした顔で芳樹を迎えた。そして、「道がわからなくなっちゃった」と言って、芳樹の顔を見てにっこりとした。還暦とは元に返ることだと言われるが、子どもに返ったようなこの顔を見ると、芳樹は何も言えなくなった。

そして、「それにしても母はこの辺まで来たことがあるのだろうか？」とふと疑問に思った。

正樹の車から降りた百代は、降りた場所がマンションの玄関ではないと思い込み困惑し、自分の記憶を頼りに探したが見当たらず、発見された場所まで歩いて来てしまったのだった。

芳樹は交番から百代と一緒に、長い道のりを歩いた。通りはすっかり暗くなり、家々の灯が田園風景の中に瞬いている。

「ああ、まん丸いお月様」

「母さんが昔、ののさんの話をしてくれたね」

「高林寺の和尚さんから聞いた話ね」

百代と芳樹はしばらく立ち止まって月を眺めた。そして芳樹は、またひと回り小さくなった百代を見た。芳樹の心配もさることながら、百代は今までの心細さを忘れたように、喜々として前を歩いて行く。

（百代自身の心配のほうが、はるかに大きかったのに……）

百代はそれ以来、すべてに自信がなくなったようだ。これからは芳樹が百代の世話をしていくことになる。芳樹は走り続けてきた母に、少し休養してもらいたいと思う反面、ずっと走り続けてほしいとも思った。走り続けることが、芳樹たち子どもの「たあたん」なのだ。

出席しない結婚式

田舎にいる従兄から結婚式の案内状が届いた。従兄の息子寛が、四月末の日曜日に挙式をするので、百代さん共々、参列してほしいとの添え書きもあった。普段ご無沙汰しているので、喜んで参列するだろうと芳樹が案内状を見せると、百代は行かないと言った。

「どうして行かないの?」

芳樹は母の体調でも悪いのかと気になった。

「芳樹だけ行ってくればいいだろう。私が行かなくたって……。一人で留守番をしているよ。帰りに舟和の芋ようかん買ってきてね」

かたくなに行かないと言う百代に芳樹は面くらった。紺屋の洋次おじさんの孫寛の結婚式なのに行かないと言う。しかたなく芳樹一人で出席することにした。

「では行ってくるよ。一人で留守番、本当に大丈夫だね。今日は暖かいから、炬燵のコンセントを抜いて行くよ。早く帰ってくるから」

百代は芳樹の言葉にコックリコックリと頷いた。

百代は芳樹の用意した朝食をスプーンですくって食べ始めた。近頃、左手が少し不自由になったのか、箸を使おうとしなくなった。

三日前の朝食の時は少し熱めだった牛乳のカップが百代の手から滑り落ち、足に火傷をしてしまった。大きな水泡を作ってしまい、毎日、薬の塗り替えをしていた。食事が済むのを待って薬を塗り替えた。火傷の表面は昨日に比べ、乾いてきたように見えた。

「汚い手で触るとバイキンが入ってなかなか治らないからね。少し痒くてもかいてはダメだよ」

百代は「うん」と頷いたが、芳樹の言っていることが理解できないこともあるようだ。治りかけた時のむず痒さは、芳樹にも経験がある。


芳樹はそんな百代を家に残して寛の結婚式へ出かけた。百代もこの式に出たいのが本心なのだと思った。

（親類知人も出席し、懐かしい顔にも会えたろうに。何が母をかたくなにしたのか、なんのこだわりがあるのだろうか）

芳樹は考えた。

寛の結婚式と披露宴は滞りなく終了した。ゆっくりしていったら、という従兄弟たちの言葉を辞退して、芳樹は早々に帰宅の途についた。午前中の暖かさに比べ午後は雲が出て、日が陰り始めると風も出だし、急に気温が下がってきた。炬燵を消してきたことが気がかりなのだ。

百代は思考が働かなくなったのか、自分で何かをすることをしなくなった。そんな百代を一人きりにしてきたのだ。頼まれた舟和の芋ようかんどころではない。早く家に帰らなくてはと、芳樹は気ばかり急いだ。


不安に思いながら玄関を開けた。いつもだと「お帰り」と百代の声がするのに、家の中はシーンとしている。

「母さん、母さん、どこにいるの」

靴を脱ぐのももどかしく、いつも百代のいる所へ行ったが姿は見えなかった。日も傾き部屋は暗く、うす寒さを感じる。

日の届かない闇の中に、倒れて喘いでいる百代の姿を見つけた。芳樹はすぐベッドに寝かせたが、喘ぎが収まらずに呼吸も荒くなってきた。休日の当番医まで気が回らずに、翌朝になったら病院へと、芳樹はただおろおろするばかりだった。

母一人残して出かけたことを後悔した。

翌朝、様子を見に行くと、百代はうつろに目を開けて芳樹を見た。何か言いたそうにするが声にならない。芳樹が気になっていた呼吸もまだ激しく、肩が上下している。牛乳を温め吸い飲みに入れ持っていったが、一口飲んだだけで、あとは口から溢れてしまった。背中をさすりしばらく様子を見たが、心配でこのまま仕事に行けそうもなかった。無理をいって休暇を取った。

牛乳でも湯でも水でもいいから、少し水分を摂ってくれれば落ち着くだろう。だが、この願いも百代の様子を見ていると難しいことのように思えてきた。

百代は時々うつろな目を芳樹に向けた。その目は「あなたが仕事に出かけると、また一人になって、寂しくなるよ」と言っているようだった。

「母さん、今日は仕事に行かないよ。ずっと母さんのそばにいるよ。安心してお休み」

芳樹は百代の手をそっと撫でた。百代はじっと芳樹を見ていたが、うとうとし始めた。

母の入院

近所の内科医に往診をしてもらった。「脱水症」だと診断された。そう言えば、昨日母のために用意した昼食は何も手がつけられていなかったことを、芳樹は思い出した。近頃、失禁を気にして水分を控えていたのだろうか。忙しさに紛れて気がつかなかった。

百代は目を瞑ったかと思うと、すぐに目を開けて、何か探しているように目を泳がせた。たぶん昨日の不安がそうさせているのだろう。どんなに心細くやるせなかったろうと芳樹は身の細る思いだった。

芳樹は母の容態が落ち着いてきたので、美子の紹介で病人の面倒を看てくれる人を頼んだ。六十代の人で、三日ばかり百代の面倒を看てくれた。百代の様子は目に見えてしっかりしてきた。食欲も出て、話もできるようになった。

「ねえ、芳樹……私は病院へ入ったほうがいいかも知れないね。正樹も大変だし、芳樹だってここまで来たら仕事は辞められないだろうし、芳樹の定年まで病院で頑張るよ」

芳樹は百代のこの言葉を聞いてやるせなくなった。

一人ぼっちで家にいるよりは、専門に介護してもらえる病院で、少しでも楽にしてやることができるのではないか、という思いがある反面、芳樹は知り合いの医師のアドバイスが頭をよぎった。


母の面倒を看てくれた人が、母の様子がよくなったので田舎に帰ることになった。元気になった百代は駅まで見送りたいと言った。芳樹は少し不安であったが、タクシーを呼んだ。正樹の時のことがあるので、嫌がるかと思ったが喜々として車に乗り込んだ。車の窓からは緑の風が吹き込んで、久しぶりの外出を百代は楽しんでいた。

吉祥寺の駅は相変わらず人で溢れていた。

「百代さん、お元気でね」

百代の手を取り別れを告げたおばさんを、百代はじっと見つめた。そして目からは涙が溢れ、顔がくしゃくしゃになった。

おばさんの手の温もりによって、百代には母のはるの顔や、おばさんとしか呼べなかった田村の養母の顔、芳久の母の顔が思い出された。そして昔が恋しくなり、別れが辛くなったのだ。


吉祥寺からの帰り、百代は行く時と違ってタクシーの中で前方をじっと見つめたまま、身じろぎもせず、芳樹を心配させた。

その夜、百代の様子がおかしいので、芳樹は近くの医師に往診をお願いした。

「仕事を辞めて、付きっきりでお母さんを看てやれますか？　老人介護のできる病院へ入院させてはどうですか？　これからが大変ですよ」

医師の助言に、芳樹は一晩考え通した。でも結論は出せなかった。だが親類や知人の助言で入院させることを決めた。

百代は病院の都合で六人部屋に入った。一人の介助士が三人の病人を看るというシステムだったが、特に問題はないようだった。だが少しすると、芳樹の願いと病院の対応に差が出てきた。初めのうちは受付や相談所にやんわりとお願いしていたが、改良が見られなかった。

入院早々に「脱水症」が見られるということで、百代は三カ月近くも点滴だけで、食事らしい食事もなく、ベッドに縛りつけ状態にされ、運動らしいこともない毎日を過ごした。これでは機能の低下は明らかだ。

芳樹は、以前、入院について相談した医師の「老人が入院するということは、よほど注意しないと運動機能の低下になるから、できたら家族の方が看られたほうが……」という言葉が思い出された。

今度は「多発性脳梗塞」という病名までついてきた。

（今まで自分の判断で忙しく走り回っていた母が、たあたんが、ベッドの中で小さくなって寝ている。もう芳樹、正樹とは呼んでくれないのだろうか……）

　そう思うと芳樹は無性に悲しくなった。


　仕事も一段落して、芳樹は母の見舞いに行った。バスは空いていて、病院へ行くらしい二人の老女が世間話をしているのを聞くともなく聞いていた。

「私ね、友だちが脳梗塞になって入院したのよ。今度で三つ目の病院なのよね。お見舞いに行くたびに病院が違うのよ、私だって近頃は大変なのよ」

「本当ね。ずうっと一つの病院で看てもらえないものかしらね、制度ってわからないわ」

　お互いに友人知人の安否を気づかいながら、現在の医療制度への苦言を言っている。百代もすでに三つ病院を移っている。バス停をいくつか過ぎ、二人の老女はよっこらさと腰を上げてバスから降りて行った。

＊

母百代の葬儀は親類や知人、芳樹や正樹の関係者に送られ、しめやかに行われた。大勢の人たちに、母の黄泉への旅立ちを見守っていただいた。斎場から立ち上る白い煙が、冬空の青さの中に溶け込んでいく。

「芳樹、正樹、さようなら。私はお父さんと清樹と三人で、あなたたちのことを見守っていますよ」

芳樹はなんとなく、青い空で待っている父と清樹が、母百代を迎えているように見えた。

通夜の読経が終わって、住職と芳樹と親族は遅い食事を共にした。

「儚いからこそ美しいのです」

住職の話に芳樹たちは耳を傾けた。

「物事というのは、常に壊れるものです。散るものだと、しみじみ実感して思う時に、ものの扱いはどうなるでしょうね。人の生命は葉末の露のようなものと言いますけれど、自分の肉親に不幸があった場合、どう思うでしょうか。人間の生命というものは儚いものだ。若さも儚い、美も儚い、みんな儚いものなんだということを歌った有名な小野小町の和歌があります。

花の色は移りにけりないたづらに

わが身世にふるながめせしまに

これを仏教の言葉で『諸行無常』と言います。百代さんも、自分の人生のすべてをかけて、掴み取った人生の価値、これも変化していくかも知れませんね」

住職は、こんなこともあるよと言いながら、笑いを誘いながら、話をしてくださった。

芳樹は住職から小野小町の和歌を聞いた時、その和歌が百代のかるた取りの、お気に入り札であったことを懐かしく思い出した。偶然とはいえ、何か因縁めいたものを感じた。

四角い箱に入った母の遺骨を抱いて、家に帰った芳樹に、葬儀に立ち会った親類の人たちが帰宅したあとの寂しさが、夕暮れと同時にひしひしと迫ってきた。

今まで以上に広く感じられる部屋の、どこを見ても母百代の姿が浮かび上がってくる。

母の遺品も整理しなくてはと思い、もう一度母の部屋を見回した。いつも箪笥の上にある漆塗りの手文庫が気にかかった。今まで母は絶対に触らせなかった。だから中に何が入っているのか芳樹は知らない。きっと母の宝物が入っているのだろう、そう思っていた。父と知り合う前の手紙とか、見合い婚と言っていた母だが、父との恋愛めいた感情の交流の証拠の品とか……。

手文庫の蓋を取ると中には写真が入っていた。芳樹はその写真を見て、おどろきと同時に一つの発見をした。いつも見慣れているアルバムに貼っていない写真が、セピア色に変色して数葉あった。年代を超えて、母百代の青春を思わせる一枚一枚であった。

手文庫の一番下に、和紙に包まれたものが入っていた。母が最も大切にしていたもののようだった。芳樹はその包みを開くことが躊躇われた。一つ一つの折り目を伸ばしながら包みを広げた。やはり一枚の写真だった。母を中心にして、三人の子どもが写っている。写真館で撮られたのだろう、母は立派なソファに座っている。その後ろに芳樹が母の肩に手を置いて気取って立っている。芳樹はたぶん三歳ぐらいだろう。母に抱かれているのは正樹だ。

母の横に立っている二歳くらいの男の子、この男の子は清樹なのだろう。清樹という子がいて、芳樹は三人兄弟ということは聞いていたが、実感としては正樹との二人兄弟である。遠い昔に、もう一人弟がいたという、確かでない記憶が浮かんできた。芳樹と年齢もそんなに違っていない、この人物を知りたいと思った。しかしもう五十年も昔のことだ。

手文庫から出てきた写真に、もう一つ気になる点があった。それは、芳樹の結婚式の親族一同の写真だ。なんとなく見過ごしてしまいかねない写真だったが、写真を傾けた瞬間に「おやっ」と気にかかった。二人の人物の目が何かで突いてあるのだ。百代の上京をうながした甥夫婦の両目が突かれている。

（いつも明るく振る舞っていた母が、こんな陰湿な仕方でうらんでいた相手に鬱憤を晴らそうとしたのか……）

芳樹には考えられなかった。

四十九日の法要で、母の遺骨を父の隣へ埋葬した。その折、母と三人の子どもの写った写真を持って行った。そして叔母の和子に見せた。

「この写真、母の手文庫の一番下から見つけたんだけど、どんな写真だかわかりますか？　きっと大切な写真なんだろうな」

叔母は写真を受け取り、しばらくじっと見つめていた。そして、一人一人を指差しながら、遠い昔を慈しむように言った。

「百代姉さん、芳樹さん、この赤ちゃんが正樹さん……。そして清樹ちゃん、姉さん、悲しい顔をしているね」

叔母の言った「姉さん、悲しい顔をしているね」が、芳樹の心の一隅に引っかかった。

（三人の子どもたちに囲まれて、どうして母は悲しみを抑えているのだろう。三人の子どもに恵まれ、幸せを感じていてもよいはずなのに……）

今の芳樹には母の心が、わかり過ぎるくらいにわかっている。だが聞いてみたかった。

「どうして母は悲しい顔をしているのですか？　それに清樹はどうしたのですか？」

「清樹ちゃんって、芳樹さん、あなたの弟よ。あなたはこの写真の通り、三人兄弟なのよ。……もういいでしょう、姉さんも亡くなったことだし」

「清樹はどうして養子に行ったのですか？」

「あなたのお父さん、芳久さんが結婚四年目で亡くなって、三人の子どもと姉さんが残され、生活を心配した義父や私の夫たちが再婚をすすめたのだけど……」

叔母の話は養子先で死んだ清樹の話から、芳樹や正樹の子育ての苦労にまで及んだ。そしてこの写真は清樹を養子に出す時、せめてもの親子の証として撮ったものだったのだ。だから母と子の愛溢れる写真も、別れる悲しみを奥に秘めて母は耐えていたのだ。

「あなたの家の仏壇には、清樹ちゃんの位牌があるでしょう」

芳樹や正樹には清樹という兄弟がいたんだという実感が薄い。生前、母が、父の芳久と一緒に「たあたんが……」と仏壇に向かって話しかけることで認識するぐらいだった。

（母にすればどんなに口惜しいことだったか）

芳樹は自分が情けなくなってきた。そして、母がどんなにか芳樹や正樹、そして早世した清樹に愛情を注いでくれていたかを知らされた。

手文庫の中には懐かしい物も入っていた。

母が五十代の頃、子ども相手の商いをしながら書いていた地方新聞のコラムの切り抜き、これも母の宝物だ。

芳樹は母の思い出と共に、自分の知らなかった、母百代が幸せを求め、百の幸せを代わる代わる得る努力をしていったことを知った。

仏壇に飾る遺影は、にこやかに笑っている母にしようと決めた。父芳久と母百代、そして薄幸だった清樹が、遠い空から私たちを見守ってくれることを願って……。

最後に

母百代の死を迎えた芳樹が、自分は自立していると思っていたが、百代に依存していたことを感じ、百代のこれまでの人生を見たこと聞いたことで振り返ってみた。

百代を取り巻く人々の中で、悲しみや苦しみを乗り越えて、両親のつけてくれた「百代」という名を大切に、どんな小さな出来事にも幸せを見つけて、進んできた母百代の力強さを、芳樹は実感として捉えた。

百代が少女期、甘えたくても甘えられなかった他人の家での生活。

やっと得られたが短かった、夫芳久との束の間のやすらぎの生活。

そして、太平洋戦争と終戦。食糧難を三人の子どもを抱えて、どのように乗り切ろうかと悪戦苦闘した毎日。

二度とないようにと思っていた養子話。そして愛する子との永久の別れ。清樹の「たあたん」という声が、母としての百代の脳裏から消えることがなかった。三男正樹の結婚、そして孫の誕生。芳樹の結婚と離婚。めまぐるしく変わりゆく相川家の様子。

東京へ出た芳樹と百代の二人の生活。でも友人が少なくなった百代の毎日は、安泰ではなかった。心の寂しさから老人病が出てきた。

八十年有余の人生を生きた相川百代を通して、幸せを求めて生きる強さと、子どもへの無償の愛の深さを書いてみたかった。

平成三十年五月

竹川新樹

著者プロフィール

竹川 新樹（たけかわ あらき）

栃木県生まれ。

東京都での教職を定年退職。

現在は、音楽会へ行ったり、絵を描いたり、海外旅行に出かけたり、趣味を楽しんでいる。

既刊書に『銀閣寺の女』（2003年『愛する人へ3』に収録）『その花は、その花のように』（2013年　文芸社）『家族の詩（うた）』（2014年　文芸社）『夢に導かれ』（2015年　文芸社）『ランドセルの秘密』（2016年　文芸社）『わたしのドン・キホーテ』（2017年　文芸社）がある。

百の幸せを追いかけて

2018年7月15日　初版第1刷発行

著　者　竹川 新樹
発行者　瓜谷 綱延
発行所　株式会社文芸社
〒160-0022　東京都新宿区新宿1－10－1
電話　03-5369-3060（代表）
03-5369-2299（販売）

印刷所　株式会社暁印刷

ISBN978-4-286-19603-9　　JASRAC 出 1805232－801